Sonya
ソーニャ文庫

つまさきに甘い罠

秀香穂里

イースト・プレス

contents

序章

「ん、く……きつ、いです……、シルヴァ様」

「だめだよ、もう少し、……このままで」

　優しいけれど、どこか厳しさのある声に、クレアは従うしかない。じっとしていると、膝から下に力が入らず、がくんと崩れ落ちてしまいそうだ。だが、そうならないのは、うしろから男の手で腰を支えられているからだ。

　陽《ひ》の入る執務室の机に手をつかされ、クレアはドレスの裾を大きくまくり上げられていた。下着を着けることは許されていない。

　そのうえ、とびきり踵の高い靴を履かされているせいで、少しでもバランスを崩すとよろめいてしまう。

　なのに、背後の男はクレアの恥じらう心を知ってか知らずか、きっちりと閉じた太腿の間に己の猛《たけ》った欲望を挟み込ませ、ぬちゅぬちゅと前後に動かす。

「あ、――あ、ッ……ぁ、ぅ、……ん……ぁ……」

擬似的な性交でも、そそり立った肉棒が肉芽を擦り、たまに蜜壷をつついてくるのだから、泣いてしまいそうなほどの快感に襲われる。

こんな場所で、まだ陽が落ちきらないのに、感じることに罪悪感を覚えて身体を震わせるクレアに、背後の男は一層身体をぴたりと寄せてきて、甘い声で囁《ささや》いてきた。

机を摑むクレアの手に、大きな男の手が重ねられる。さっきも、この美しく長い指で、散々秘所をいたぶられたのだ。

「……すごく、いいよ。熱く湿っていて、まるできみの中をほんとうに犯しているみたいだ。僕の奴隷《どれい》は太腿でも、僕を感じさせてくれるんだね。もっと汚してあげようか。それとも、もう中に挿《い》れてほしい？」

「いや、……や……ぁっ……っあっ、……!」

声に非難だけではなく、甘さが交じってしまうのが浅ましいとクレアは己を苛《さいな》む。犯されることを期待しているのか、彼を挟んでいる内腿が小刻みに震えてしまう。それが、男にも快感を与えているようだ。

さっきからずっと、疼いている肉芽を執拗《しつよう》に肉棒で擦られていて、たまらない。

このままでは達してしまう。

明るい陽光で満たされた部屋の中で、立ったままで。

「……お願い、です、シルヴァ様、これ以上は……っ……」

「これ以上は、なに？　感じすぎてしまうから、やめてほしい？　ふふっ、続けてほしい、の間違いだよね」

「ん、――あぁ……っ」

そう言って腰骨を強く掴んでくる男の欲情に、クレアは為す術《すべ》もなく呑み込まれていった。

第一章

クレアは怯えた目で、熱っぽい空気が立ち上《のぼ》る室内を見回していた。

緊張のせいか、裸の肩が寒い。薄手のショールを引き上げたが、そうすると腕が剝き出しになってしまう。

繊細な絹でできたショールは、凝った織りが施された、かつては美しいものだった。しかしいまはすっかり古びてしまい、みすぼらしい。

あちこちにひっかけ傷ができて、お世辞にも綺麗とは言えないが、クレアはそのショールと、首にかけたペンダントをなにより大切にしていた。

(これは、お母様がくださったもの。わたしたちの国の、想い出……失った国の想い出。この想い出はどんなところへ行こうとも、忘れたくはない)

思い耽《ふけ》りながら、どっしりとした光沢のあるカーテンで仕切られた小部屋の中をもう一度見回した。

ここにいるのは、自分と同じぐらいの年か、もう少し上の者か。

美しかったり、可愛《かわい》かったり、愛嬌《あいきょう》があったりと容姿に秀でた女性ばかりが集っていた。そろいもそろって、身体の線が透けてわかるような木綿のドレスを着ている。

クレアもそうだ。ここに来ると決まったとき、商人に胸、腰の大きさ、足の長さなどを詳しく測られ、簡単ではあるが、このドレスを仕立ててくれたのだ。

もちろん、商人が親切心からしたことではなく、まだ十九歳のクレアが高い値のつく商品だとわかっているからこその行いだ。

彼はさまざまな国で出自のいい、だけどつましい暮らしに追いやられている女性ばかりを集めて、貴族たちに売り渡す奴隷商人なのだから。

クレアがここにいるのは、故国のためだ。自分で選んでこの場所に立っている。

他の女性たちにも、ここにくるまでにはいろいろないきさつがあるのだろう。だが、部屋の空気は重苦しいほど張り詰めていて、そのようなことを軽々しく聞けるような雰囲気ではなかった。室内でいちばん若く可愛らしい相貌《そうぼう》の女性が、いまにも泣き出しそうな顔で周囲を見回している。

「……私、怖い。どんな方に買われるんでしょうか」

彼女の幼いともいえる顔に浮かんだ恐怖と不安に、みな我が身に迫る現実を思い知ったのだろう。誰もが言葉を失い、室内に悲しさを孕《はら》んだ空気が漂う。そんな中、横にいた少し年上のきりっとした顔つきの女性が、涙ぐむ彼女の手をそっと握った。

「きっと大丈夫。あなたの柔らかなお顔を見たら、殿方も乱暴なことはしないわ。落ち着いて、神様に祈りましょう」

「……はい。ありがとうございます」

彼女たちが祈りを捧げる姿を見て、クレアも胸が詰まり、自らも両手を組んで頭を深く垂《た》れた。神様に、亡くなった両親に、言葉にはならない祈りを捧げる。

どんな相手に買われようとも、気をしっかり持ち、両親から受け継いだおやかな心を失うまい。

内心では泣きたい気持ちや恐怖が渦巻いている。だが、自分には目的がある。そのためにはここで泣くことはできない。

くじけそうになる心を必死で堪《こら》え、クレアは両親からもらった小さなペンダントを胸元で握り締める。そして息を吸い込んで顔を上げると、まっすぐ前を見据えた。

もう間もなく、競《せ》りが始まる。

カーテンが開いたら、亡国の姫であるクレアも、周りにいる女性たちも、向こうで待つ仮面をつけた紳士たちに売られていくのだ。

＊＊　＊＊　＊＊

「それでは、次の商品に参りましょう。アゼルシュタイン伯爵家のリエル嬢、前に出なさい」

「は、はい」

先ほど小部屋で震えていたリエルが、おずおずとした様子で前に出た。途端に、仮面をつけた紳士たちから「おお」と声が上がる。その声の中に、なにか好色なものを聞き取り、クレアはいたたまれずに少しうつむいた。

クレアたちは競りが始まると全員、部屋の壁沿いに立たされた。買い手である紳士たちに、値踏みさせるためだ。

マントを羽織り、マスクをつけて身元をわからなくしている紳士は全部で、十二、三人といったところか。

全員、深紅の椅子に深々と腰掛け、気に入った女性に値段をつけて買い取っている。皆、貴族であることは間違いない。ただ座っているだけだというのに、優雅さを漂わせている。

いま売りに出されている女性の故郷、アゼルシュタインといえば、クレアももちろん聞いたことがある。

今は亡きクレアの母国シスルナの隣に位置する国、ヨハナ王国で一、二を争う名門の伯爵家だ。だが、ヨハナも先頃ようやく終結した戦で滅亡した。

もともと、シスルアもヨハナも小さな国だった。

肥沃《ひよく》な平野に美味な果樹が実るシスルナ、そして絹の名産国として有名だったヨハナも、四年にも及ぶ大陸続きの戦争に巻き込まれ、どちらも敵国に王家を滅ぼされてしまった。

長い戦に民は弱り切り、自分の生まれ故郷が変わってしまうことに泣く泣く従うしかなかった。

リエルも、あの戦いを生き延びたはいいが、家族や、住むところを失い、心細いながらもなんとか耐えていまここにいるのだろう。

「では、ご希望の方、リエル嬢の価格を」

「五千万スーク」

「私は六千万スーク」

「一億スーク」

「一億二千万スークで」

値をどんどん釣り上げられていくことに、リエルは身を縮めている。自分にどんな高値をつけられようとも、嬉しくない気持ちはクレアにもわかる。値が上がれば上がるほど、いったいなにをさせられるのかと不安になってしまうのだ。

「――決まりました。リエル嬢は三億千五百万スークでお譲りしましょう」

商人のホフマンが木槌を叩く。リエルはその場で相手に引き渡された。

黒の燕尾服に深紅のクラヴァットをあしらった、気品のある、初老の男性に手を取られて姿を消していくリエルが肩越しに振り返り、『どうか頑張って』とくちびるをかすかに動かしてクレアに伝えてきた。

クレアも小さく頷き、深く息を吸い込んだ。

もう、周りには誰もいない。

「それでは、本日最大の目玉商品です。クレア嬢、こちらへ」

「……はい」

ホフマンも、クレアに対しては少し気を遣っているようだった。赤い布張りの台の上に立つよう、低い声で指示された。

「先の戦で滅亡した亡国の第一王女、クレア嬢が本日最後の商品です。皆様、お好きなお値段を」

「十億スークで！」

「二十億スーク出しましょう」

「では、三十億スークを。さる国の美しい薔薇とたとえられたクレア姫を落とせるなら幾ら出しても惜しくない」

最初から桁違いな額に、さしものクレアも震え上がった。

自分のこれからの人生を赤の他人に譲り渡してしまうことが、いまさらながらに怖い。シスルナの名前は出ていないが、皆、もちろん知ってのことだろう。

(だけど、もう頼れるひとは誰もいない。帰る国もない……。どなたがお相手だろうと、わたしでお役に立てることがあればお務めしなければ。だってそれが、わたしにできる故国への唯一の罪滅ぼしなのだから)

駆ける鼓動を抑えるように、左胸にそっと手をあてると、そこに仮面の男性たちの視線が集中する。

魅惑的なくびれからまろやかな腰へと繋がるラインを浮かび上がらせるように、ドレスは作られている。身体の全部を両手で隠すことは無理だ。手を離すとよけいに目立ってしまう気がして、仕方なく、左胸に手をあてたまま瞼を伏せようとした、そのときだ。

「一千億スークで」

それまでに聞いたことのない、凛として艶やかな声にクレアははっと顔を上げた。

左脇に、漆黒のマントを身に纏った男性が座っていることに気づいた。いまさっき、来

たのだろうか。

　黒いマスクをつけていてもすっと通った鼻梁、すっきりとした顎のライン、そして全身に漂う気品と男っぽさとは裏腹に艶めかしさを感じさせるふっくらとした下くちびるが胸を騒がせる。

　マスクの奥から、琥珀の深い瞳がクレアをじっと見つめていた。ゆったりと長い足を組み替え、髪を軽く指で梳いている。

　国の王女として、さまざまなひとに会ってきたつもりだ。

（でも、こんなに美しいひとは見たことがない。蜂蜜色の巻き毛がとっても綺麗だわ。どこかの伯爵様か、侯爵様かしら……）

　気怠そうに微笑む彼は、静まり返った室内を見回し、低いがよく通る声でさらに続けた。

「五千億スークで、決まりだ」

　言い終えた彼は黒いマスクの下から覗くくちびるが弧を描き、蠱惑的な笑みをつくる。

「……それだけ出されたのでは、競りになりませんな」

「さすが、……参りました」

　周りの紳士たちも、クレアにとんでもない金額をつけた男性に対して感嘆の声をあげている。

　だが、奴隷を売り買いする場所が場所だけに、互いの身元を明かすのは御法度なのだろう。客の中で、クレアに小国の国費にも等しい値段をつけた男性はひときわ身分が高いようで、皆、気を遣っていた。

商人も、五千億スークという途方もない金額にしばし唖然としていたが、少ししてから木槌を叩いて競りが完了した合図を出した。

「ではクレア嬢、あの方と隣のお部屋へ行きなさい。手続きがあります」

「はい」

油断すると全身ががたがた震えてしまいそうだが、くちびるを噛むことでなんとか堪え、壇上から下り立つと、マントを纏った青年がまるでダンスの相手を申し込むように微笑み、手を差し伸べていた。

——この人がわたしを買ったひと。そして、わたしがこれから奴隷として仕えるひと……。

青年の差し出す手をじっと見つめ、そこに自分の手を重ねることにクレアは一瞬だけ躊躇する。だが、意を決して、その手をとった。

「さあおいで、クレア。今日からきみは僕のものだ」

＊＊　＊＊　＊＊

隣室に通され、クレアは一脚しかない椅子に青年が腰掛けるのを見守った。

「僕の前に立って」

「はい」

ぎこちなく、彼の前に立つ。ゆったりと腰掛けているのに、彼の放つ威圧感に気圧されそうだ。

ただ怖いだけではない。何者にも汚されない、気品というものが彼にはある。

「僕は、きみを買い取った。落ちぶれたものだね、とある王国の美しい薔薇ともあろうものが」

醒めた声にきっとなって彼を見つめた。だが視線の先の青年には、言葉とは裏腹に蔑むような雰囲気はなく、困惑してしまう。

マスク越しに向けられる視線に得体の知れないものを感じ、クレアはいたたまれなくなって目を逸らした。

「感情がよく顔に出る子だ。それに、……美しいというのは事実のようだね。陽に輝きそうな栗色の髪はまっすぐで、指通りがよさそうだ。顔立ちも愛くるしい。アメジストより深い紫の瞳も、赤みを帯びたくちびるも、純情そうでいじらしい。なにより、透けるような肌が綺麗だ。きみの身体はどこもかしこもそんなに白いのかな？」

くすくすと笑う青年は、そう言うや否や目の前に立つクレアのドレスの裾をちらりとまくり上げる。ドロワーズしか穿いていない素肌を見られて、かっと身体が熱くなった。

「……なにをなさいますか！」

慌ててドレスの裾を押さえて非難の声を上げたが、青年は平然としている。

「僕を咎められる立場じゃないよ、きみは。ついさっき、大金で僕に買われた身だろう？王女であった頃のことは早く忘れるんだね」

一転して醒めた口調で言い渡され、クレアの心は暗く沈む。

そうだ。もう、クレアは王女ではないのだ。

小国ながらも、民の心がひとつになり、王家を支えてくれていたシスルナは戦いに敗れ、戦勝国のひとつとして名を馳せるヴァルハーサに占領されてしまった。

奴隷商人に渡った金の一部は、長きにわたる戦争に苦しんだシスルナの民へ寄付されると聞いて、縋るような思いで自分の身を売ることを決めたのだ。

奴隷商人を信用するなど大丈夫なのかと他人は眉を顰めるかもしれないが、ホフマンがその道では名の通った者であることは、終戦後、クレアも人づてに聞いて知っていた。

自分のために払われた金は、間違いなく故国の民を救うための寄付金に回されるだろう。

そう思うことが、せめてのもの慰めだ。

「きみだけでも亡命できたはずだろうに。なぜ、そうしなかった？　手引きする者はいなかったの？」

優しい口調だが、黙ることを許さない凛とした彼の声音に、クレアは重い口を開いた。

「……わたしが奴隷になれば、聞いたこともない高値できっと売れ、そのお金は戦争でつらい思いをした民に使われると商人から聞いたのです。それに、……」

クレアは少し口ごもった。

母のつき合いで親交のあったエルライ国なら亡命に手を貸してくれたかもしれない。だが、かの国の王子カイからは強引な求愛を何度も受けており、クレアは粗暴すぎるカイがどうにも苦手だった。

会えばあからさまに自分の権力を誇示し、人気《ひとけ》のないところに力づくで連れ込まれそうになったこともある。国同士の諍《いさか》いのもとになることを恐れて、カイの傍若無人なふるまいを誰にも告げたことはなかったが、エルライ国に亡命するようにクレアに言わなかったということはきっと、両親も薄々は気づいていたのだろう。

カイのいるエルライには頼れるわけもなく、かといって他に親交のあった近隣の国はすべて戦禍を被っており、クレアを受け入れる余力などあるはずもなかった。

「それに、なんだい？」

「いいえ、なんでもありません」

エルライ国は遠い氷の国で、この戦いには参加していない。とはいえ、不用意に口にして彼の注意を惹いてもよくないだろう。

「ふうん……」

口を閉ざしたクレアを、青年がじっと見つめてくる。琥珀の瞳に射貫かれると、どうにも気分がざわざわして落ち着かない。

すると彼は、ふと思いついたように顎をしゃくった。

「脱いでもらえるかな」

「え？　……あの、なにをおっしゃるのですか」

青年の発した言葉の意味がわからず、クレアは戸惑いながら胸の前でぎゅっと拳を固めた。

そんなクレアに、青年は甘く微笑む。

二人を包む雰囲気が変わったような気がした。マスクの下のくちびるがゆるやかに吊り上がり、彼の笑みが深くなる。クレアはそれを落ち着かない気分で見つめ、もう一度訊ねた。

「なんておっしゃったのですか」

「ドレスを脱いでほしい。そう言ったんだよ。僕の買った奴隷に傷がないかどうか確かめないと」

「な、……っ」

強く腕を引っ張られ、青年の胸に倒れ込んだ。

それで、わかったことがある。マントをまとった身体はとても引き締まっており、鍛え抜かれていた。

ふと、優しかった父に抱き締められた幼い頃を思い出した。シスルナは歴史の長い国で、民の気質も穏やかであったせいか、皆、王家に愛情を寄せてくれていた。それが父にも母にも伝わったのだろう。

『あなたが、他人からの愛情を受け止めてしっかりと応えられる子になるように』

そう言って、父、母、かわるがわる抱き締めてくれた。温かいかいなの中にいると心からほっとし、いつまでもこの温もりに包まれていたいと願ったものだ。

(でも、この腕は違う)

彼の腕はクレアが知っているものではなかった。

力強く、縋るような熱さえ感じる青年の腕に抱き寄せられて膝に乗るよううながされ、クレアは困惑しながら顔を上げた。

「脱がないということは、僕がしてあげないといけないみたいだね。……困った奴隷だ。最初から主人を手こずらせるとは」

「……っ、なにを、……っ」

頤《おとがい》を摘まれたと思ったら、ふいにくちびるをふさがれた。

熱く、重みのあるくちびるから伝わる彼の熱に瞼を閉じることすら忘れた。生まれて初めての、くちづけだ。青年がつけているマスクの縁が頬を掠めていく感触も鮮やかで、為す術もなく吐息が奪われてゆく。

「ん、……っん、……」

何度も角度を変えてくちびるを押し当てられ、息をする間も与えてはもらえない。突然のことに必死にもがいたが、すぐに頑丈な腕に封じ込められ、戒めるように深くくちづけられる。

「——っ……ふ」

熱っぽい吐息でしだいにくちびるの表面が潤い、甘やかな感触に、はぁ、と小さく息を漏らした。

初めてのキスは強引で、怖いほどに魅力的だ。奴隷になると決めたとき、慰み者にされる可能性も覚悟していた。だが、いま与えられているくちづけは、まるで愛する者にするように情熱的で、クレアの思考を否応なく翻弄する。

「おやめ、ください、……わたしを奴隷だと言ったのは、あなたです。身分の低い者に対してこのような振る舞いは……」

「僕が買った奴隷だ。なにをしようと僕の自由だろう？」

「ですが、……っ……ぁ……！」

「うるさいくちびるだな。文句よりも、もっと艶やかな声が引き出せるだろうに」

からかうような声で囁かれ、再びくちびるが重なる。

今度は、ぬるっと熱い舌が割り込んできた。とっさにくちびるをきつく閉じたのだが、艶めかしい感触に翻弄され、しだいに頭の底が白く沸き立っていく。

（どうして、こんな……）

くちづけられながら、無意識のうちに、青年の胸にすがった。そうでもしていないと、彼の膝からずり落ちてしまいそうだったからだ。

「ん……っふぁ……」

口内を舐《ねぶ》り蹂躙《じゅうりん》していく舌に、背筋がぞくりと震える。舌を搦め捕られて甘く吸われるのも、初めての体験だ。

扉の向こうには競りを終えた商人や貴族たちが談笑しているだろう。いつ、この部屋で交わされている吐息が商人たちの耳に入るかわからない。

だめなのに。

こんなことを許してはいけないと理性が囁くのに、青年の丁寧で甘いキスが頑なな心を蕩《とろ》かし、クレアの身体を熱くさせる。

「キスは、初めてかな？」

可笑《おか》しそうに笑う青年が息も絶え絶えのクレアを抱き寄せ、首筋にちろりと舌を這わせながら、胸のふくらみに手をあてがってきた。

「な、……いや、いやです、なにを……っぁ……」

「ふぅん……ほんとうになにも知らない身体なんだね。肌も……とても綺麗だ。首筋、噛みついてしまいたくなるよ」

首筋を軽く噛まれ、慣れない感触に思わず「――あ」と声を上げてしまった。甘さと艶っぽさを含んだ声が部屋に響き、ほんとうに自分の声なのかと恥ずかしくなってしまう。

否定する心とは裏腹に、身体はどんどん熱を帯びていく。

知らなかった感覚に溺れそうになることは恐ろしく、クレアをますます混乱させた。

胸のふくらみを優しく、意地悪く揉みしだかれ、いやいやと頭を振ったが、食い込んだ指は外してはもらえない。

それどころか、ドレスを着ていてもわかるほどに硬くしこった乳首を、生地の上から指で摘まれてしまった。

コルセットをつけていないだけに、彼の指の動きを敏感に感じ取ってしまう。

胸の肉芽を挟み擦り立てる指先が憎らしい。

「触り心地がいい。キスをしているだけで、こんなに硬くさせるなんていけない子だね。

男の経験はほんとうにないのかい？」

「あ、りま、せ……ん、っ……あぁ、……いや……そんな、指で、よじったら……」

「乳首をこね回すともっと硬くなるみたいだ。クレア。きみには僕を喜ばせる素質が備わっているようだね。」

「あ、……あ……っ、ふ……ン」

ドレス越しに、くりくりと尖りを揉み潰されるのと同時に、噛みつくようにくちづけられ、舌を舐めしゃぶられた。

生まれて初めての出来事に動揺する半面、身体は青年の愛撫に従順に応えてしまう。指の腹で、皮を剝くように乳首をきつく擦り上げられた瞬間、身体の奥底に深い泉が生まれた。

熱い泉はクレア自身を怖がらせるほどにさざ波を立て、とろりとした滴を零すようだった。

「……ッぁ……！」

乳首をピンときつく指で弾かれ、身体の中に甘い痺れが走り抜けた。

言葉にはできない、ふわりとした熱が全身を包み込む。

クレアは深く息を吐きながら青年にぐったりともたれかかった。

いまの感覚は、なんなのだろう。瞼の裏に眩しい光がいくつも弾け、理性を失って、青年に、もっとなにかしてほしいと口走ってしまいそうだった。

淫らな行為など、望んだこともないのに。

息を乱し、くちびるを噛むクレアに、青年は髪を梳きながら椅子に背を預ける。

「ひとまずは、わかった。きみは誰にも汚されていない。僕が迎える奴隷にふさわしいようだ。さあ、誓約書にサインを入れよう。きみの身体の隅々まで確かめるのは、城に帰ってからだ」

「……どんな、サインを入れるというのですか」

青年がマスクをゆっくりと外す。金色の巻き毛がかすかに揺れた。

マスクの下に隠されていた美貌を間近に見て、クレアは息を呑んだ。目元を隠しているときでさえ華やかな雰囲気を漂わせていたが、素顔はもっと人目を惹く。

こんなにも端整な顔立ちをした男性は、見たことがない。

クレアが言葉を失っていると、青年は誓約書をクレアの目の前に掲げてくる。

「読み上げて」

命令するような口調に逆らえず、クレアはそこに書かれている文字に目を走らせた。

「――私、クレア・フォルト・イーリア・シスルナは、シルヴァ・アドリアド・ネスフェ・フロイランを主とし、生涯仕えることを誓う……。フロイラン……⁉」

その名に衝撃を受け、クレアはよろめいた。目の前がすうっと暗くなり、倒れてしまいそうだ。

「おっと」

シルヴァが抱き留めてくれたが、くちびるが凍りついてしまったみたいに、なかなか動かない。

「あなたは……まさか。……フロイラン王国の方、なのですか……？」

「知っているなら話が早い。ああ、紹介が遅れたが、僕の名はシルヴァだ。きみより六歳上の二十五歳になる」

フロイラン王国は、クレアの母国を倒した大国ヴァルハーサの同盟国だ。

しかも、記憶が正しければシルヴァは第一王子だ。直接会ったことは過去になかったが、彼がフロイランの王とともにたびたび戦の指揮を執り、そのたぐいまれなる知略から『フロイランの智将』と呼ばれているという話を、臣下たちから聞いたことがあった。

敵国の第一王子に買われるとは。

奴隷の身に成り下がると決まった日から、どんな運命も受け入れようと心がけてきたつもりだが、こんなひどい話はない。

「そんな、……そんな……あなたに買われるなど聞いておりません！」

「だろうね。僕の立場は競りの場では明かしていないし、そもそもきみに口答えする権利はないと思うけれど？」

間近で微笑むシルヴァから顔をそむけたかったが、危ういほどに煌めく瞳に威圧されてしまう。

蠱惑《こわく》的な笑みは鮮烈で、視線を逸らすことができない。

「わたしの国を滅ぼしただけでは飽き足りないのですか。お父様もお母様も、ヴァルハーサ軍との戦いで、命を落としました」

「きみは……一緒に連れていってもらえなかった？」

顚を摘まれて持ち上げられてしまい、無言を貫くことはできなかった。

「わたしは、……できることならお父様たちと死んでしまいたかった。でも、逃げるようにと諭されたのです。どんな運命が待ち受けようとも、生きていればきっといいことがあると……お母様に手を強く握られました。お父様にも、抱き締められました。おまえには、生きていてほしいと」

クレアはうつむき、涙を堪えた。だから、シルヴァが鋭く目を眇めたことに気づかなかった。

「愛されて育ってきた姫、か。可哀想に……生き残った先に、敵国の王子の奴隷になるとは思いもしなかっただろう」

「……あの商人に会って、競りはなかったことにしてくれとお願いします。敵国のあなたに仕えるのは、お父様もお母様も喜びません」

「ホフマンにいまさら話しても無駄だよ。競りは公式に終わって、きみはもう僕の所有物だ。それに、きみが買われたことで、ヴァルハーサが占領したシスルナの民が救われるのだろう？　いまからその約束を撤回して、シスルナの民をますます飢えさせるのかな？ああ、心配しなくていい。戦で傷ついたきみの国の民がこれ以上減らないように、食料をはじめとした物資は同盟国である我がフロイランがきちんと配給しよう。——でも、きみが言うことを聞かないなら、考えさせてもらおうかな」

「ひどい……！」

脅すような彼の言いように、クレアはしばし怒りに震えていたが、——言い返してもなにもいいことはない、国を失ったシスルナの民のために尽くさなければ、と苦い涙を呑み込んだ。

「……あ、あなたの奴隷になることで、わたしの国の民が生きていけるなら……わたしは、どんな目に遭っても構いません」

嚙み締めるように呟いた。だが、シルヴァは楽しげに瞳を輝かせているだけだ。

「よく言ったね、クレア。どんな目に遭っても構わない、か……泣かせる台詞だ。まあ、いい。とりあえず城に帰って、きみに似合うドレスや靴を与えよう」

その言葉がなにを意味するのか、このときのクレアにはまだわからなかった。

第二章

一頭立ての馬車で、クレアはシルヴァとともに、十月の冴《さ》え渡る月が照らす中、フロイランの城へと向かった。

あれから、シルヴァの奴隷となることを誓うという屈辱的な書類にサインをし、クレアは薄いドレスの上にシルヴァのマントを羽織らせてもらっていた。

幌《ほろ》を深く下ろした馬車で、隣に座ったシルヴァはずっと口を閉ざしている。

シルヴァと親しげに話していたのは御者《ぎょしゃ》がひとりだけで、ほかに護衛の姿は見当たらない。きっと、彼はあの競りには秘密裏に訪れたのだろう。

(――一国の王子が奴隷を買いに来るなんて)

小窓から月明かりが射し込む中、クレアはそっとシルヴァの横顔を盗み見た。

こうして、夜遅くに城を抜け出るのは初めてではないのだろう。御者もシルヴァの単独行動に慣れているようだ。

　すると、ずっと黙ったままだったシルヴァが口を開く。

「僕のことはシルヴァと呼んでくれて構わない」

「……いいえ、私は奴隷となった身です。シルヴァ様」

「そんなにかしこまらくてもいいのに」

　苦笑して見詰めてくる彼に、クレアは戸惑った。

　ひどいことを言って誓約書を書かせたくせに、いまのシルヴァの行動からはクレアに対する気遣いすら感じられる。

　羽織らせてくれているマントのことといい、いまの彼はずいぶんと優しげにクレアに接してくるように思える。

　それがどうしてなのか。

　シルヴァの真意をはかりかねたクレアは、彼の言葉になにも返せないまま瞼を伏せることしかできなかった。

　白亜の城に近づくと馬は速度を落とし、蹄《ひづめ》の音が響かないようゆっくりと裏門から入っていった。

　昔からフロイランの城は、優美で荘厳《そうごん》だと有名だった。ふたつの高い塔が月の光を受けてすらりとそびえ立っている。

「今夜のことはふたりだけの内緒だ。城のみんなには僕付きの新しい侍女が来るとだけ言ってある。だからきみは、侍女としてふるまうように」

「どんなことをすればよいのですか」

「簡単だよ。言うことを聞いて、僕を楽しませるだけでいいんだ」

「楽しま、せる……」

どうとでも取れる言葉に、先ほどの淫靡《いんび》な行為がふっと脳裏を掠める。

男性に身体に触れられたのは初めてだっただけに、またあのようなことをされるのかと思うと、どうしていいかわからなくなってしまう。

(もしかして、またさっきみたいなことをされるのかしら……)

一瞬、頬が熱くなったが、その考えを振り払い、思い直す。

きっと、侍女として彼の身の回りを整え、過ごしやすいようにするという意味だろう。

それならそれで、一生懸命に努めようと思う。それが自分にできることなのだからと、真面目に考えるのがクレアの癖だった。

密かに決意を固めるクレアと、謎めいた微笑を浮かべるシルヴァを乗せた馬車が、かすかな音を立てて止まった。

「さあ、手を」

「……ありがとうございます」

馬車から降りるときにもシルヴァは手を貸してくれ、思っていたような扱いを受けないことに、また困惑してしまう。

そのまま手を引かれ、目立たない場所にある通用門のようなところから、城の中へと入った。

城内の者はもう、みな眠っているのだろう。静まり返っている。

広間を横切り、たぶん城内の一番端にあるだろうと思われる廊下のから続く長い階段を下り、案内されたのは、城の地下だった。

石造りのそこは意外にも暖かい。どこかに空気が抜ける仕掛けを作っているようで、地下によくあるじめじめとした空気はない。

「地下で暮らすのはきみだけだ。ここだけで生活できるようにしてあるから、用意してあるものはなんでも使うといい」

「……はい」

まっすぐ続く廊下には、使われていない部屋がたくさんあるようだった。しばらく歩くと、一番奥の扉の前で止まった。

「ここがきみの部屋だ」

扉を開き、中に招き入れられ、クレアは思わずあたりを見回した。

クリーム色に小花柄の壁布、床には毛足の長い絨毯が敷かれている。

小ぶりではあるが天蓋《てんがい》付きのベッドや、読書やお茶を楽しむのにうってつけのテーブル、椅子が設えてあった。

こぢんまりとしているが、気持ちのいい部屋だ。

「どうしてこんな……」

「気に入ったかい？」

横で満足そうな顔で微笑んでくるシルヴァに、戸惑いながらもこくりとうなずく。

「きみの部屋の隣にあった部屋は書庫だよ。そこの、扉を開ければ、直接行くことができる。クレアは、読書は好きかい？」

「はい……！　とても好きです」

今の状況を思わず忘れて、クレアは顔を輝かせた。

生まれ暮らした城にも、大きな書庫があった。のどかな絵本や時の流れを追いたくなる歴史の本、たくさんの文学書、それに城下で人気の冒険小説や恋愛小説もあったし、庭の手入れや料理の指南本。それらの多様な本を読めば世界が広がるようで、読書はクレアの大切な趣味のひとつだった。

「幼い頃、母が毎晩絵本を読んでくれたこともあって……。本は大人になったいまもとても好きです」

「ここにあるものは好きに読んでいい。欲しいものがあったら僕に言いなさい」

「はい……。あの、他の方々はどちらにお住まいなのでしょう?」

「侍女や使用人たちは一階の離れに住んでいる。この地下は、いうなればきみ専用だ。クレア」

彼の琥珀の瞳が、壁に取り付けられたランプの灯りを受けて、きらりと鋭く光る。

その瞳に射貫かれてはっとしたクレアは息を深く吸い込み、次に何を言われるのだろうと、怖々と彼を見上げた。

だが、シルヴァは軽く肩をすくめ、にこやかに微笑みを返してくる。

「今日のところはもう寝ていいよ」

「え……」

「きみも疲れているだろうから、ゆっくり休むといい。仕事は明日からお願いしよう。それと、あそこの扉の向こうはバスルームになっているから、好きな時間に使ってかまわないよ。着替えとタオルは戸棚の中だ」

今すぐにでも何か仕事をさせられるのかと思っていたが、違ったようだ。

また、だ。

こんなふうにされると、優しくされているのではないかと勘違いしてしまう。

相手は誓約書にサインまで書かせて自分を奴隷にした敵国の王子だというのに、憎む気持ちが少しだけ薄れてしまいそうになる。

混乱しながら、クレアはうつむいた。

するとと突然、シルヴァがクレアの細い腕を引っ張り、手首の内側にそっとくちづけてきた。

「……っぁ……」

身体が先ほどの行為を覚えているせいか、柔らかなで熱いくちびるの感触が、またたくまに身体に火をつける。

間近で視線を深く絡められ、彼の危うい雰囲気に呑まれそうになる。

一瞬、緊張した雰囲気が流れたかと思うと、すぐにシルヴァはまた優しげに微笑み、じっとクレアを見つめてくる。

「きみの最初の仕事は、明日七時に僕を起こしにくることだよ。部屋の場所は他の使用人に聞くといい。僕は薔薇の香りが好きだから、置いてある練り香水をいつもつけていること。——ここと、ここに」

そう言って、いまくちづけられたばかりの手首の内側と、うなじを人差し指でなぞられた。

「おやすみ、僕の奴隷。また明日」

横顔で笑って、シルヴァが部屋を出て行った。

＊＊　＊＊　＊＊

ようやくひとりになり、クレアはため息をついてベッドの縁に腰掛けた。しっかりとしたスプリングが利いていて、寝心地がよさそうだ。

「とりあえず、どうしようかな……」

立ち上がり、洗面所と思《おぼ》しき扉を開くと、清潔なタイルが敷き詰められ、猫足がついた陶器のバスタブが置かれていた。

試しにバスタブについている蛇口のひとつをひねると、熱い湯がほとばしる。

それだけでは熱くて入れないので、もうひとつの蛇口から出る冷水で温度を調節した。あたりを見回すと、台の上にさまざまな瓶が置かれている。

「これは……香油。こっちは髪を洗うものね。ああ、薔薇の花びらまであるわ。バスタブに浮かべてみよう」

丸いガラスケースに入った花びらを数枚バスタブに浮かべるだけで、いい香りがほんのりとバスルームいっぱいに漂う。

戸棚には、シルヴァが言ったとおりタオルと新しい着替えが入っており、その中から、薄い夜着と下着を慎重に取り出した。どちらも新しくて、質もいいことに驚いてしまう。

「シルヴァ様はいつも奴隷に対してこんなに丁寧に対応されるのかしら……」

クレアの国はあまり戦好きではなかったので、捕虜というものも、奴隷も持たなかった。それだけに、この立場に立たされて、なにをすればいいのか、どんな対応が待っているのか、正直なところあまりわからない。

本で読んだかぎりでは、奴隷は鞭《むち》をふるわれたり、食事を抜かれたりと、散々ひどい目に遭うようだが。

（これから、わたしもそんな目に遭うのかしら）

暗い考えに堕ちてしまいそうなのを振り払い、バスタブの横で、それまで着ていた木綿のドレスを脱いだ。

明日、ドレスはあらためて洗濯しようと脇に畳んで台の隅に置き、湯が溜まったバスタブにそろりと足を入れる。いい湯加減だ。

「……はぁ……気持ちいい」

肩まで浸かり、天井を見上げた。城内の地下にこんなバスルームまであるなんて思わなかった。そのことからも、フロイランの国力というものが窺える。

「さすがはフロイラン……さまざまなことが進んでいるのね」

クレアの国でも風呂はもちろんあったが、ボイラーがあまり大型ではなかったのと、戦時下にあって燃料は大切に使わなければいけなかったため、あまり使われることはなかった。

その代わりにクレアは、ときおり隙を見て、清らかな水が流れる小川で髪を洗っていた。

そのころを思うと、楽しかったことも一緒に思い出されて胸が詰まる。

父と母、それに自分を慕ってくれていた臣下たち。いまはもういない、親しいひとたち。

「もう帰る国はない……わたしも、シスルナの民もばらばらになってしまった」

うつむくと、涙が溢れ出しそうだ。

一度泣き出してしまったらいつまでも涙が引かなそうなので、慌てて熱い湯を両手ですくい、顔に打ち付けた。

地下にあるバスルームだが、夜も遅いこの時間に音が響いても困る。クレアは身体をそっと洗い、髪を湿らせたところでほっと息をついてバスルームを出た。

湯上がりに着るのは、ところどころレースの縁取りがしてあるシンプルな夜着だ。脛《すね》まで隠れる長さのそれは、薄いながらも肌に吸いつくような滑らかさで心地いい。

「明日から、どうなるんだろう」

仕えられる身から一転、仕える身になるとさまざまなことが変わる。

とにかく早く眠って、朝はシルヴァを起こしに行くためにきちんと身繕いをしなければ。

(眠れるだろうか。奴隷としての初めての夜。……だけど、思っていたほど、不幸せじゃない)

寝支度を整え、暖かな毛布にくるまり、クレアは天蓋を見上げた。

ベッドの天蓋には天使や色とりどりの花々が描かれており、贅沢に目を楽しませてくれる。

明かりを消せば、一日中ずっと気を張り詰めていたこともあってか、すぐにうとうとしてしまう。

スプリングの利いたベッドでの眠りは、クレアを久しぶりに穏やかな世界へとゆっくり誘っていった。

第三章

目が覚めたとき、クレアはここはいったいどこだろうとあたりを見回した。

「そういえば、わたしは……売られたんだったわ」

自分の立場を思い出し、慌てて枕元の大きな置き時計を見ると、まだ朝の六時前だ。

なんだか少しせつなくて、しあわせな夢の中にいた気がする。どんな内容だったか、もう思い出せないけれど、両親や、親しかった臣下の笑顔を見た気がして、ほんのりと胸が温かい。

（よかった、寝坊しなくてすんだ……）

いろいろとあった日だったから眠れないだろうかと思ったが、久しぶりにベッドで眠ることができたせいか、熟睡したようだ。新しい生活への不安はあったものの、身体はすっきりしている。

今日から気持ちを切り換えて、シルヴァに仕えていかなければ。

「七時に起こしに行くんだったわ。とりあえず支度が先ね」

顔を洗い、ブラシで髪を梳《す》く。

シルヴァの世話をするのに邪魔になったらいけないと、髪を片側に寄せて編み、戸棚にあった幅広のリボンで先を結んだ。

そして、前夜にシルヴァに言いつけられたとおり、練り香水を手首の内側と、うなじに少量擦り込んだ。

高貴で柔らかな薔薇の香りが鼻腔《びくう》をくすぐる。

少し前までは、身繕いも侍女に任せていたものだ。

その日の天気やクレアの気分に合わせて、色とりどりのドレスを取り出して着せてくれた侍女たちの朗らかな笑みを思い出すと、いまでも胸が痛む。

戦がひどくなり、城が落ちたとき、両親は決意を固め、クレアに昔から仕えてくれた侍女たちと逃げるよう指示してきた。

ヴァルハーサ軍に攻め入られたばかりでなく、卑劣にも城内に火を放たれてしまった。城のあちこちで火の手が上がり、両親と懐刀ともいえる数人の臣下は城とともに燃え落ちていくことを決意したのだった。

『わたしもお父様たちとここに残ります！　お母様、お願いです。最後まで一緒にいさせてください……！』

『いいえ、いけません、クレア。あなただけでも、シスルナの誇りを持って生きなさい。もしもこの国すら滅んで、あなたが一平民になったとしても、私たちの国は美しく、よい民に恵まれた素晴らしい国だったと、後世に伝えてちょうだい。あなただけならきっと逃げられる。いつまでも愛しています。私も、お父様も、みんなも』

母の優しい声が耳に響いた。両親に長い時間強く抱き締められたあと、クレアは諦めきれず手を伸ばした。

『お父様、お母様……！』

『クレア、おまえが生きていてくれることが、私たちの希望なんだ。だから、行きなさい』

父の手に背中を押され、母が侍女たちに「あとは頼みます」と告げる声が聞こえた。

『お父様、お母様！』

『姫様、いけません、逃げましょう！』

その後、侍女たちはずいぶん遠くまで付き添ってくれたが、戦火の混乱で、ひとり、ふたりとはぐれてしまって以来、会えていない。

彼女たちは、いまどこでどうしているのだろう。せめて、穏やかに過ごしてくれているとよいのだが。

洗面台の前で物思いに耽っていたが、頭を振り、気持ちを切り換えるために外の空気を吸いに行こうと部屋を出た。

部屋に鍵はかけられておらず、自由に出入りできるということにも驚かされる。たとえ奴隷としての誓約をしたと言っても、クレアは元は敵国の王女だった身だというのに。

地上へ続く長い階段を上り、重い扉の錠前を外して、外へと出た。

すると、眼前に広がる景色に目を瞠った。

「綺麗……」

初秋の荘厳な朝焼けに息を呑んだ。

遠く、ずっと遠くの塀の向こうから黄金色に染まる雲が押し寄せ、空全体がこの世のものとは思えないほどに光り輝いている。

どんなに優れた絵描きでも、この色、この深みはカンバスに描ききれないだろう。

名の知れた詩人とて、この澄んだ空気や、風に乗って運ばれてくる草のよい香りをたたえる言葉は簡単には見つからないだろう。

自然が与えてくれる力強さの中で、クレアはただ、静かに佇んでいた。

いまはもう、王女でもなく、愛する両親もなくしてしまったけれど、生きているかぎり、また、こんなふうに一瞬の美しさの中に立てるときが訪れる。

そう思えば、奴隷という立場も慰められるような気がした。

（わたしに、できることをしよう。いまは、ただそれだけ）

涼しい風に髪を撫でられ、穏やかな気分になったところで、シルヴァを起こしに行くことにした。

＊＊　＊＊　＊＊

「シルヴァ様、お起きになってくださいませ。シルヴァ様」

「ん……」

驚くほど大きな寝台で、シルヴァはぐっすりと眠っていた。

起こしてしまうのが少し可哀想な気がしたが、そばのテーブルに置かれた丸い時計の針はもうすぐ七時を指そうとしている。

枕元に置かれた花瓶には朝一番に生けられたらしい美しい百合が、ほんのりとしたよい香りを漂わせていた。品種改良を重ね、温室で大切に育てているらしい。クレアが初めて見る薄ピンクの品種で、香りも柔らかだ。

クレアに与えられた衣装は、ごくシンプルだが品のある黒のドレスに白いエプロンだ。クレアの城でも、使用人たちが似たようなドレスを身につけていた。

奴隷、というクレアの特殊な立場を、シルヴァは他の使用人に言っていないらしい。新入りとして使用人の集まる部屋におずおずと入ったところ、全員、年上の女性ばかりで、若いクレアを笑顔で迎えてくれた。

これには、心からほっとした。

新しい場所で、新しい仕事に就くことになり、周囲に馴染めるかどうかと少しばかり怯えていたからだ。

『シルヴァ様はなかなかお起きにならないから、頑張ってちょうだいね』

一番年かさのエルダという女性が、一緒に朝食を食べながら教えてくれたとおりだ。

もう十五分も前からなんとか起こそうと思っているのだが、シルヴァは毛布をすっぽりかぶってしまったどころか、クレアの起こす声から逃げようとしているのか、枕に顔を埋めている。

(いつもこんなふうだったら、接しやすいのだけれど)

「シルヴァ様？」

「……あと、五分……」

眠そうな声で呟き、シルヴァは枕の下に顔を潜《もぐ》り込ませてしまう。

その仕草が、昨晩の尊大な態度を見せていた人物とはかけ離れていて、クレアは思わず小さく微笑んだ。

シルヴァの寝室は贅をこらしたものだった。

床より一段高い場所に天蓋付きの大きなベッドが置かれている、ゆうに大人四人が眠れるほどのサイズで、天蓋を支える支柱には手彫りの薔薇と蕾が蔦とともに絡みついていた。

十月の朝ともなれば、空気はひんやりする。

なかなか起きないシルヴァを振り向き、ベッドから少し離れた窓を開いて朝の新鮮な空気を取り入れた。

「ん……、薔薇の、いい香り……」

思惑どおり、シルヴァが寝返りを打った。

無防備な彼の寝顔を見て、一瞬どきりとする。寝ている彼の表情は普段の様子からするとかなりあどけなく見え、ずっとこのまま——穏やかなままでいてくれたらいいのにと思ってしまう。

約束の五分前になったことに気づき、「シルヴァ様、お起きください」と囁いた。

シルヴァの瞼がゆっくり開き、夢の名残を残したぼんやりした瞳がクレアを捉える。

「……きみか。約束どおりの、七時……？」

「はい。五分前です」

「きみは、よく眠れた……？」

微笑みかけてくるシルヴァに、声が詰まってしまう。眠いせいだろうけれど、どうして、こんなに優しく笑いかけてくれるのだろう。

（わたしは彼のお世話をする奴隷でしかないのに）

「起こして」

「え……？」

クレアに向かってシルヴァの両手が差し出される。戸惑いながらも、その手を摑んだ。

「あっ」

手が触れた瞬間、ぐっと腕を引っ張られてしまい、シルヴァに抱き締められる形になった。

シルヴァは瞼を閉じて、クレアの胸のあたりに顔を押しつけてくる。

「温かくて気持ちいい……ほんとうにクレアだ……」

何度も抱き締め直してくるシルヴァが呟く。

「……それに、いい匂いだ。僕の大好きな薔薇の香り……。約束、守ってくれたんだね。嬉しいよ」

起き抜けの掠れた声で囁かれ、そのまま耳の近くに音を立ててキスを落とされる。

「……っ、いけません、シルヴァ様、朝からこんなお戯《たわむ》れは……！」

「朝でも夜でも、僕はきみを好きなように扱う。僕は、きみの主人なんだからね。……使用人はたくさんいるけど、奴隷を飼うのは初めてなんだ」

クレアのことをまるで犬か猫みたいに言うシルヴァは、クレアの機嫌を取るように喉を人差し指でくすぐってくる。

「なにも知らない純粋なクレアに、たくさんのことを教えてあげないといけないね。まず、これから毎日、僕を起こすときはくちびるにキスをすること」

「キス、ですか……？」

「そう。こんなふうに、ね」

ちゅ、と軽くくちびるをついばむような甘いくちづけに、身体がふわりと熱くなる。上体を屈ませ、逞しい胸にすがりつくような格好であることも恥ずかしい。

「あ、の、どうしてこんなこと……」

「きみになにをしてもらうか決めるのは僕だよ。ほら、僕が満足するまでキスを続けて」

後頭部に回された手に引き寄せられ、シルヴァの整った顔が目の前に迫る。「早く」とせがまれ逃げることもできず、恐る恐るくちづけた。

「……ん、……っん……ふ……」

たどたどしくくちびるを押しつけるだけのキスなのだが、シルヴァはそれが気に入ったようで、なかなか離してはくれない。

「舌を出して、僕のと絡みつけて」

「そ、んな……」

「できないなら、やってあげるよ。やり方を覚えるんだ」

言うや否や、彼の熱く湿った幅広の舌がぬるりとクレアの口腔に入り込み、歯列をなぞる。そして舌を見つけると、一気に絡みついてきて、クレアの胸を疼かせるように甘く吸い上げてきた。

「んん、っ……」

身体の奥底で濃い蜜がつうっと滴り落ちるような感覚に頭がぼうっとし、クレアもつたなく応える。

「こうするんだ。明日からはクレアがキスしてくれるね？」

「……しなかったら……？」

「お仕置きしないと、ね」

クレアを解放するときに、シルヴァがくちびるを軽く甘噛みしてきたことで、交じり合った唾液がうっすらと銀糸を引く。

シルヴァは目を閉じることなく、至近距離でクレアを見つめていた。

（こんなキスを毎朝するなんて。どうかなってしまう）

「……キスの次は、僕の髪を梳いて」

「……っ、はい……」

まだ熱っぽいキスの余韻が残っているのをごまかし、立ち上がる。

ガウンを羽織ってベッドから下り立ったシルヴァが顔を洗うのを待ち、用意したタオルを渡した。それから、朝の風が入る窓のそばに腰掛けるシルヴァの後ろに回り、柔らかな髪をブラッシングする。

蜂蜜色の髪はもつれやすいらしい。

複雑に絡み合った束を丁寧にほどいていつものシルヴァに戻るまでには、三十分ほどかかった。

それから、前もって使用人のエルダが用意してくれていたシルヴァの分の朝食を、銀の盆に載せて部屋に運び込む。

スクランブルエッグと焼いたハムにパン、サラダ、そしてミルクをたっぷり入れた紅茶がシルヴァの好む朝食のようだ。

彼のために、銀のポットから熱い紅茶を入れて渡した。

優雅な仕草で次々に食べ物を口に運び、皿を空にしていく。

「今日は政務とは別の用事があるんだ。きみも連れていきたいと思っている。僕が紅茶を飲んでいる間、外出用のドレスとマントに着替えておいで」

クレアに世話されながら、ゆったりと朝食を終えたシルヴァが言う。

急いで地下の部屋に戻り、戸棚にあった紺のドレスに着替え、暖かな裏布がついたマントを腕にかけた。

再び主人の部屋に戻ると、寝室の隣にある居間にいたシルヴァはすでに着替え終えており、こちらを振り向く。

第一王子としての正装ではなく、シャツにタイ、ベストにジャケットという簡素なスタイルだ。だが、それだけに鍛え抜かれた細身の身体が際立つ。

「お召し替えのお手伝いをできなくて申し訳ございません」

「いいよ、今日は簡単だし、自分でもこれぐらいならできる。……ああ、それとも、僕を裸にして着替えを手伝いたかった？」

「……っ……！」

純粋に着替えを手伝えなかったことを思っての言葉だったが、大胆な言葉に頬が熱くなってしまう。

そんなクレアを見てくすりとシルヴァが笑った。

「それはそうと、きみのドレス、前もって商人からきみのサイズを聞いて急いで作らせたものなんだけど、似合っているね。身体のラインがとても綺麗に出ていて、クレアの美しさを引き立てている」

あらためて見つめられて、恥ずかしくなる。

サイズが合っているだけあってとても着やすいのだが、胸のふくらみが強調されるような作りになっているのだ。

ヒップラインも、丸みが綺麗に出るよう、丁寧にタックが施されている。

「くるっと回ってみて」

「は、はい。こう、……ですか？」

爪先だってくるりと回った。軽いウールでできたスカート部分が絹の靴下を穿いた踝《くるぶし》を軽やかに撫でる。シルヴァが「うん」と頷く。

「ドレスが美しいわりに、靴がちょっと似合わないかな」

「申し訳ありません。国を出たときからずっと履いていたものですから……」

愛着のある靴だが、街を彷徨《さまよ》い歩いた時期もあったことで、だいぶくたびれている。それが恥ずかしくて、クレアは足を隠すように少し後ずさった。

戸棚の中には着替えがたっぷり入っていたが、なぜか靴はなかった。

「ああ、違うよ。べつにその靴がだめというわけではないんだ」

腕組みし、シルヴァが目を眇《すが》めて意味深に笑う。それだけで穏やかな空気が一蹴され、クレアは無意識に胸の前で両手を握り締めた。

出会ったときからシルヴァはにこやかなのだが、なにを考えているのかわからないところがある。それが、クレアを余計に不安がらせるのだ。

微笑みの裏になにかを隠しているような気がして、クレアを落ち着かなくさせる。

「クレア、そのソファに腰掛けてみて」

「……はい」

言われたとおり、大きなソファに腰掛けた。シルヴァが精緻《せいち》な飾りが施されたチェストから箱を取り出し、クレアの前に立つ。

「これを履いてごらん」

箱の中には、黒のエナメルでできた靴が薄紙に包まれて入っていた。

なんて美しい靴なのだろう。

爪先が尖っていて、ヒールもある。ストラップがついているから、足首は固定されそうだ。いままで履いたことのない大人びたデザインのその靴に、クレアは思わず目を奪われる。

足先を見られるのが恥ずかしく、シルヴァの目から隠すように古びた靴を脱ぎ、輝く黒の靴を履いてみた。

立ち上がってみると幾分か爪先が締め付けられ、きつさを感じる。新しいエナメルだけに、足に馴染むまで時間がかかりそうだ。

「うん、似合っているね」

満面の笑みを浮かべたシルヴァが足に視線を向けてくる。クレアは、そこを隠すようにドレスの裾を引き寄せた。

「ありがとうございます」

「少しきついかもしれないけれど、大丈夫かな？　エナメルは最初は硬いからね。でも、ほんとうによく似合う。今日一日、それを履いていること。いいね。これは命令だ」

靴を履いていることが命令だなんて、ずいぶん変わっている。もしかして、クレアが遠慮しないようにと、命令してくれているのだろうか。

だとしたら、シルヴァはほんとうは優しいひとなのかもしれない。

「はい、……わかりました」

どんな靴も最初は少し窮屈《きゅうくつ》なもの。履いていればきっと慣れると思い、クレアは素直に頷いた。

きっと、この靴に慣れる頃にはここでの暮らしにも馴染めているだろう。そうすれば、いつかはシスルナの民のために、なにかできることが他にも見つけられるかもしれない。

決意を胸に秘め、クレアはシルヴァを見つめていた。

第四章

質素な馬車のうしろにつけた荷車にたくさんの毛布と食べ物、そして薬や衣類が入った箱を載せる手伝いをし、クレアはシルヴァの隣に腰掛けた。

なぜ、このようなことをしているのか、シルヴァはひと言も話さなかった。

城の裏門から出た馬車は、街へとまっすぐ向かっていた。その間、窓から見える景色の変わり様にクレアは驚いた。

城下街は戦が終わったことへの喜びに溢れ、笑顔の者が多かった。

商店にも品物が並べられ、戦中によく見た食料を求めるひとびとの悲しそうな行列もなく、露店からは美味しそうな食べ物の匂いが流れていた。

けれど、王都を離れて森を抜けると景色はとたんに侘《わ》びしいものになっていく。

焼かれて崩れかけた家がぽつぽつ並び、裸足で遊ぶ子どもたちは寒そうだ。

しばらく道なりに進んで行くと、馬車は寂しい村のはずれにある教会の裏手でやっと止まった。

「クレア、馬車を降りて、持ってきた荷物を運び込もう」

「はい。シルヴァ様、ここは……？」

「孤児院が併設されている教会だよ。ああ、それは重いからクレアはこっちを持って」

シルヴァが政務ではないと言っていたとおり、服装も王族とわかるようなものを避けて身に着けている。

教会には多くのひとが集まっていた。擦り切れた帽子と古びたコートを纏った男性たち。何度も洗って薄くなってしまったエプロンを繕い、身につけた女性たち。それから、たくさんの痩せた子どもたち。みな、栄養失調のせいか、頬が削《そ》げている。

帽子をかぶり、裾の長いシンプルな黒のコートをまとったシルヴァを、第一王子と見抜く者は誰もいないらしい。

教会の裏から中に入ると、司祭が笑顔で出迎えてくれた。

司祭は、さすがにシルヴァが誰なのかをわかっているようだ。他の者には聞こえないような小声で挨拶してくる。

「シルヴァ様、今日もほんとうにありがとうございます。みな、あなたの施しにとても喜びましょう」

「これぐらいどうということはありません。子どもたちにも、衣類をたくさん持ってきました」

御者と司祭、シルヴァとクレア、そして事情を知っているらしいが口の固い村の者が数人手伝ってくれ、残りの荷物を運び込んだ。

「毛布を分けます。それと衣類や食料も」

シルヴァがそう言うと大人たちが並び、新しい毛布を次々に受け取っていく。

その間に、クレアは司祭と一緒に大鍋で手早くスープを作った。いい匂いが漂い出すと、外で遊んでいた子どもたちも駆けつけてくる。

「いい匂い……」

「お腹すいた。早くスープが食べたいよ」

順番を待っていた大人たちが、子どもを先にしてあげるようにしているところを見ると、ふと、心のねじが緩むようだった。

囚われの身、敵国の王子に奴隷として買われた身であるゆえに、勝利を喜ぶフロイランの民の顔を見るのはつらい——そう考えていたのだが、どうやら思い違いだったようだ。

あの戦いは、フロイランにとっても長く苦しいものだったのだろう。このような状況を見ていると、複雑な思いがクレアの中に湧き上がってくる。

たとえ敵国でも、子どもを守りたいと思う心を持つひとは当然いるのだ。

「クレア、よかったら司祭様と一緒にスープを配ってもらってもいいかな？」

「はい、ぜひ」

子どもや大人たちがそれぞれお椀を持って並んでいる。そのひとつひとつに、ジャガイモやニンジン、肉がたっぷり入った熱々のスープを盛った。

「熱いから、注意して食べてね」

「どうもありがとう」

まだほんの五、六歳にしかならない少女の笑顔に、クレアの心も温かくなった。

すると、横でクレアと一緒にスープを配っていた司祭が声をかけてくる。

「あなたがここにくるのは初めてですね」

「はい、クレアと申します。シルヴァ様のもとで働くようになってまだ日が浅いので……」

もとの身分と昨日買われてきたばかりの奴隷であることは伏せ、応えた。

「……ここにいるのは、どの子も戦争で親を失った子たちなのですよ。教会で、私たちと暮らしているのです」

「そうなんですか。どのくらいの子どもがいるのですか？」

「ここは二十人ほどでしょうか。まだ、少ないほうなんですよ。もう少し離れたムルアという村では、もっと多くの子どもが親をなくし、毎日の食事にも事欠く始末です。戦争が終わってありがたいことなのですが……勝ったとはいえ、私たちに残された傷もまた大きい。まだまだ困難が続きそうですね」

司祭がスープを盛りながら小声で事情を話してくれた。

戦勝国なのだから、もっと復興が進んでいるかと思ったが、現実はそうではないようだ。

ちらりと横を見ると、シルヴァは少し離れた場所で、子どもたちに暖かな外套や靴を渡している。合間に、なにか楽しい話をしているようで、どの子どもも顔が輝いている。

その横顔はとても自然で、クレアに淫らないたずらを仕掛けてくる者と同一人物とは思えない。

（――ずっとそういう顔をしていればいいのに……）

そうクレアが思いながら見つめていると、ふっとシルヴァが顔を上げて、こちらを振り向いた。

ふたりの視線が絡み合い、クレアは慌てて前を向いた。ずっと見ていたことがばれたら恥ずかしい。

「――ですが、シルヴァ様がこうしてこの村やムルアにも来て下さるおかげで、私たちの暮らし向きはだいぶ楽になりました。大人たちも仕事を見つけて、少しずつ以前の生活に戻るよう努めています」

「……あの、シルヴァ様は、よくこのような活動をなさっているのですか？　その、わたしはつい最近シルヴァ様にお仕えするようになったばかりなので、以前のことがわからなくて」

「ええ、シルヴァ様は戦前からもよく来て下さっていますが、フロイランが勝利をおさめてからは三、四日にいっぺんいらして下さいます。このたびの戦は長く、フロイランの民にとってもつらいものでした。勝ったとはいえ、想像を超えた犠牲を伴いました……。大切な命を、私たちは多く失ったのです。そのことを、戦場で陣頭指揮を執っていたシルヴァ様がいちばんよくわかっていらっしゃるのでしょう」

「そうなのですか……」

シルヴァと接しているのはつい昨日からのことだが、にこやかにしながらも尊大で、クレアに対してひどいことを言ったように、他の人にも平気でひどいことをするようなひとなのだと思っていた。

たまに優しさを見せるようなことがあっても、何かを隠すためなのではと疑っていた。

だが、思いがけずも王子としてふさわしい情の深さを知り、胸が複雑に揺れる。

(最初はひどいひとだと思ったけれど、ほんとうは思いやりのある優しいひとなのかもしれない。でも、それならどうして私にあんなひどいことを……)

そう思い至ったとき、なぜかクレアの心がずきりと痛む。

どうして――。

「っ、つ……」

ぴりっとした痛みを足に感じた。ずっと立ちっぱなしで働いていたせいか、爪先《つまさき》がじんじんと痺れ、ふくらはぎも突っ張っている。

硬いエナメルはなかなか足に馴染んではくれず、窮屈なままだった。限界を訴えた足がわずかによろめく。

「クレア？　どうかしたのかな」

子どもたちにひととおり衣類を渡し終わったシルヴァが近づいてきた。

（みずから民に施しをする彼と、わたしを振り回すシルヴァ様と、どちらが本物なの？）

「足が痛むのかな？　少しつらそうだ」

「いいえ、大丈夫です」

動揺する心を隠すように、そう応えた。

足も、ほんとうは靴を脱いでしまいたいくらい痺れ始めていたが、ここで皆が懸命に活動をしている中、自分ひとりだけが休むわけにはいかない。

「そう？　でも、きつくなったらいつでも言うんだよ」

「……はい」

痺れる爪先をぐっと堪え、クレアはその後も司祭と一緒に給仕を続けた。

ろうという頃だ。

「またぜひ、いらして下さい」

司祭や笑顔を取り戻したひとびとから見送られ馬車で帰途についたのは、もう夕方にな

――やっと一息つける。

あれからもずっと立って作業をしていたため、クレアの足は限界にきていた。帰りの馬車の中でやっと座って休めると思っていたのだが、靴自体がきついためか、なかなか痛みがひいていかない。爪先の痺れは取れず、それどころか時間が経つほどにじわじわと痛みが増しているような気がする。

(早く部屋に戻って脱いでしまいたい……)

「クレア？　どうかしたのかい」

「い、いえ、なんでもありません……」

隣に座るシルヴァに聞かれたが、もうすぐにでも城に着くだろうし、すぐに部屋に戻れば大丈夫だろうと思い、足のことは告げなかった。

「そう？　それならいいんだけど」

その後しばらくの間も足の痛みがひくことはなかったが、ようやく城の裏手に馬車が到着し、クレアはほっと溜息をつく。

「さあ、城についた。クレア、僕の部屋に来て今日あった出来事を書き留めておく手伝いをしてほしいんだけれど、いいかな」

「わかりました。あの、その前に一度部屋に戻って着替えてきてもいいですか……？」

「急ぎですませたいから、すぐにでも来てほしいんだ」

そう言われてしまえば断れない。そもそも、断れる立場にはないのだ。

爪先の痛みに耐えながら彼のあとをついて、執務室に入った。

大きな窓を背にして、艶の美しいマホガニー製のデスクが据えられている。

シンプルな形のランプをつけ、クレアに脇に立つよう命じると、シルヴァは椅子に腰掛け、書類ばさみから一枚の紙を抜き、すでに記してある今日の日付と教会に持参した品物の一覧の横に、次に必要な品物を追記していく。

「教会での施しは初めての体験だった？」

「はい。あれだけたくさんの人たちがいるなんて思いませんでした……」

「フロイランと並ぶ大国、ヴァルハーサと手を組んだからこそ勝てた戦だが……やはり、四年は長すぎた。我が国も被害が大きいんだ。各地に怪我人も多いし、親をなくした子どもも多い」

「教会にも、たくさんの子どもがいましたね」

「ああ。あんなふうに寒さや飢えに困っている子どもは全土にいる。そのすべてを一刻も早く救いたいが……」

羽根ペンを握るシルヴァの手にぐっと力がこもるのを、クレアは見つめた。

彼もまた、自分と同じように自国の民を思って苦悩しているのだ。

「シルヴァ様……」

なにか言いたかったのだが、適当な言葉が出てこない。同じ思いを持っているとはいえ、敵国の王女だった自分では軽々しく言葉をかけることもできなかった。

「あの、……お茶でもお淹れしましょうか？」

せめて気分を変えるためにお茶を用意しようと、彼のデスクを離れようとしたときだった。

「ッ……」

痺れていた爪先が限界に達し、よろけた。

「大丈夫かい？」

「す、すみません」

シルヴァに腰を抱かれて体勢を立て直そうとしたのだが、窮屈な靴を履き続けた足はいうことを聞かない。一歩、二歩と歩くのも苦痛だ。

「ずいぶん、つらそうだね」

シルヴァがクレアの腰を抱く手に力をこめる。ふらつく身体を支え、ソファに座らせてくれた。

長時間、きつい靴を履いていた足は、ふくらはぎまで強張っている。ようやく一息つけることに安堵したクレアだったが、シルヴァが次にとった行動に驚愕した。

隣に腰掛けたシルヴァがいきなりクレアの足を持ち上げて、ストラップを外し、靴を脱がしてきたのだ。

「シルヴァ様、何を……!?」

めくれたスカート部分を慌てて押さえ制止の声をあげたが、シルヴァは口元に楽しげな笑みを浮かべるだけで、やめてはくれない。彼の手が薄絹の靴下を穿いた足に沿って這わされ、そろりと撫でられると、いやでも身体がひくんと反応してしまう。

「シルヴァ様……！　お、おやめください」

「ああ、踵に靴擦れができている。これは痛かっただろう」

指先が擦れていないかどうか確かめたシルヴァは、もう一度クレアに靴を履かせてくる。

「どうして……っ、ん、なに、を……」

「いい具合に声が掠れるんだね。ぞくぞくするな」

靴を履かされたあと、踝のあたりをくすぐるように触れられ、クレアの口から甘い声が漏れた。そのままふくらはぎにも触れてきて、強張りを解くように優しく揉みほぐす。

「ッ、あ」

労わるような手の動きが心地好い。だが、再び靴を履かされた爪先は締め付けられて痛いままだ。

「どうして、靴を……」

疼く爪先に手を伸ばし、靴を脱ごうとした。だが、シルヴァの手によって阻まれてしまう。

「だめだよ。自分で勝手に脱ぐのは禁じる。——ただし、『脱がせてください』って僕にそうお願いできたら、叶えてあげるよ」

「な……っ」

とたんに頬が熱くなった。

ただ、靴を脱ぎたいだけなのに、なぜそれをシルヴァに請わなければならないのか。

エナメルの靴はランプの灯りを弾いてきらきらと輝いている。

しかし、もう一秒だって我慢できない。懇願するのはつらいが、痛みに負けてしまった。

「お願い、します、……靴を、脱がせて……ください」

羞恥心に嬲《なぶ》られながら、クレアは声を絞り出した。

「だめだと言ったら？」

「……っ、……」

間近で微笑むシルヴァを涙目で睨んだ。

爪先を摑み踝を撫でさする手から逃れなければと思うのに、クレアが少しでも身じろぎすると靴に足をぎゅっと押し込まれる。

観念して、もう一度、心からから頼んだ。

「シルヴァ様、靴を……わたしの、靴を脱がせてください……。痛くて、つらくて、もう、我慢できません」

「……いいよ。ここじゃ狭いから、向こうで」

シルヴァに手を取られて寝室に誘われて、頬が強張る。

「座って」と肩を押してくるシルヴァから逃げられず、言うとおりにベッドの縁に腰掛けると、シルヴァがクレアの前に跪《ひざまず》く。

あまりのことに声が出なかった。

ゆっくりと靴を脱がされ、傷ついた踵を絹の靴下越しにくちづけられた。

形のいいシルヴァのくちびるが押し当てられる光景を、クレアは茫然《ぼうぜん》と見つめた。

「……ッあ……！」

それは、たとえようもなく甘い痛みだ。

一日立ち働いた足にくちづけるなんてどうかしている。

一国の王子、シルヴァともあろう者が元王女とはいえ、いまは彼の奴隷に対して跪き、こちこちに凝った爪先や足の裏を手で揉みほぐし、踵に何度もくちづけてくる。

「……想像以上に、可愛い足だ。幅が狭くて甲が薄い。皮膚も薄いんだね。中指は少し長めだ。爪の付け根が傷ついてしまっている。きみを傷つけるなんて僕はだめな男だ」

硬直するクレアからするりと絹の靴下を脱がし、裸足になった指にシルヴァはぺろりと舌を這わせてきた。

「シルヴァ様……！　なんてことを……、いけません、こんな――こと……」

動揺するクレアは身悶えたが、足の中指をちゅぷ、と咥《くわ》えられ、「――あ」と息を吸い込んだ。

熱い口内には温かな唾液がたっぷりと溜まり、クレアの痺れた足の中指に舌が絡みついてくる。

「や、……いや……」

中指からまっすぐ心臓へ、ぞくぞくするような甘美な痺れが走り、クレアは我が身を恨んだ。

断じて、シルヴァのすることに感じているわけではない。ただ、きつい靴をようやく脱がされたあとの他愛ないいたずらに敏感になっているだけだ。そう思いたかった。

しかし、何度も何度も左足の中指を舐められ、踵からつうっとシルヴァの唾液が滴り落ちる頃には、太腿をあらわにしていることに気づけないほど、彼の愛撫に溺れていた。

傷ついた足を、舐められているだけなのに。

擦り剝けた踵をちろっと舐められると、「んん……」と自分でもどうかしていると思うほどの甘い声が出てしまう。

初めてのことにクレアがぼうっとしていると、ドレスのボタンが外され、腕を抜かれる。コルセットの紐をゆったりと解いていくシルヴァの瞳は、いかにも楽しそうだ。

まるで、このときを待っていたかのような深い琥珀の瞳に魅入られていると、コルセットを押し下げられ、剝き出しになった形のいい胸のふくらみにシルヴァがくちびるを寄せてくる。

「愛らしい胸だ。この胸を可愛がりたくて、ずっと我慢していたんだよ」

「シルヴァ様……！　っ、ぁ、……ぅ……ん、んっいや……ぁ……っ……」

柔らかな乳房を摑み、ちゅ、ちゅ、と乳首をいやらしく吸うシルヴァの熱い舌先に、身体中がうねり出す。

こんな感覚は知らない。

やめてほしい、と何度もお願いしたのだが、言えば言うほどシルヴァは激しく吸ってきて、ふっくらと赤く色づいた乳首を執拗にしゃぶり、先端を甘嚙みする。

「だめ、……なのに、……んっ……、ん、くっ……」

「クレアは乳首を吸われるのが大好きなんだね。それも、嚙まれるともっといいらしい。声を殺さないで。僕に聞かせてごらん」

「いやだ、と……言ったら、どうする、のですか……？」

甘い熱に振り回されつつもなんとか言い返すと、鼻の先でシルヴァがくすりと笑う。どうして彼がこんなにも楽しげに笑うのか、クレアにはわからない。

わからないからこそ、怖くなる。

怖いと思うほどに惹かれていく。

「思いきり嫌がったらいい。……ずっと、きみだけが欲しかったんだ、クレア。きみを求めて拒否されることも想定の範囲内だ。――いいよ、クレア。嫌がって嫌がって、はしたない格好で僕を突き飛ばして部屋を出ていってごらん。僕に大変なことをされた、と大声で言う勇気があるなら、ね」

「……ッ」

ここは、シルヴァの城だ。戦は終わったとはいえ、祖国を滅ぼしたヴァルハーサとフロイランはいまも同盟国だ。敵陣のど真ん中で、生き恥を晒す勇気はなかった。

クレアがうつむいたのをいいことに、シルヴァは再び掌で乳房を包み込み、指の痕がついてしまうのではないかと恐れるほど執拗に揉みしだいてくる。

下から押し上げるようにしてふくらみを持ち上げ、乳房の下のラインをくちびるで辿られれば、クレアはもう声を殺し続けることはできなかった。

「あぁ……、や……ぁ……」

シルヴァは赤い舌をちろちろとくねらせ、クレアの乳房を頬張り、歯形をつけていく。とくに乳首は何度も、きつく吸われたり、噛んだりされたりして、腫れぼったくなってしまうほどの愛撫を与えられた。

辱めを受けているとわかっていても、シルヴァから与えられる刺激に蕩かされ、身体から力が抜けていってしまう。

蠱惑的な笑みで彼に微笑まれると、クレアの鼓動がいっそう速まった。

「……は……」

繰り返し舐られた乳首を人差し指と親指の間で擦り立てられると、ツキンと腰の奥でなにかが疼く。

もじもじと身体をよじらせて、疼きをなんとか散らそうとするが、挑発的な顔をしたシルヴァから「見てごらん」と命じられた。

「さっきよりずっと乳首がいやらしく尖って真っ赤だ。まるで僕に食べてほしがっているみたいに……」

「あ、……っぁ、んん、指で、擦る、のは……っ……」

自分のそこが男に愛されて淫らに色づくのを見たくなかった。

だが、身体の疼きはより増していくばかりだ。

シルヴァが片方の手をスカートの中に潜り込ませ、ドロワーズのリボンを器用に解いていく。

「クレア、ドロワーズが湿っているのはなぜ？」

「え、……えっ？」

まさか粗相《そそう》をしたのだろうかと顔を強張らせるクレアに、シルヴァは意味深に笑い両足の間に指を潜り込ませてきた。

「や、や……っ！」

「熱くて、僕の指まで濡らす。ほら、これはきみの蜜だよ。僕に触れられて、きみが感じている証拠だ」

目の前にとろりとした愛蜜で濡れた指を突きつけられ、かっと頬が熱くなる。こんな蜜が、自分の身体から溢れ出すなんて。

「そんな、……」

誰にも触らせたことのない花弁をシルヴァの指で擦られ、摘まれる感触にぞくりと身を震わせた。

怖いのに、身体は火がついてしまったみたいで、シルヴァの愛撫を欲している。

濡れた花びらを割るようにくちゅくちゅと擦られ、はぁ、と喘ぎにも似たため息を漏らすと、ふいに埋もれていた花芽を捕らえられ、弓なりにのけぞった。

「あ……っ……――あぁ……っ」

「じっとしていて。ぬるぬるして、摘めない」

笑うシルヴァを突き飛ばせたらいいのに。だが、身体の芯から熱くさせられて、力が入らない。

濡れた粒を指で転がされ、摘み直されるたびに快感がほとばしり、声を上げてしまいそうだ。

すると、息を切らしたシルヴァがのしかかってきた。

「ずっと昔から、きみのすべてを奪うと決めていたんだ。泣いてもわめいても、やめてやれない」

傲慢な言葉に声を失したが、シルヴァの瞳の底になぜかせつない感情が浮かんでいるのを見つけて、逃げ出すことができなかった。

「シルヴァ、様……」

ドレスを脱がされ、シルヴァの視線の前ではなにも隠せない。

細い肩のラインから鎖骨を指でなぞってくるシルヴァが小さく呟いた。

「……きみはとても綺麗だ。僕が貫いたらもっと声を出してくれる？」

ぶるぶる震える太腿を大きく開かされ、シルヴァがその間に顔を埋めてきたときには心臓が止まりそうだった。

なにをするのか、ほんとうにわからなかった。だが、くちゅ、といやらしい音とともに淫唇を舌で舐られて、腰が跳ねた。

指で触られていたときよりも、ずっと深い快感を与えられ、高みに押し上げられていく。

「あ、っ、ん……っぁっ待っ、て、待ってください、そんな、とこ……舐めたら、っ」

「美味しい蜜がどんどん溢れてくる……クレアの純潔はわかっているけれど、こんなにも淫らな身体だったんだね。嬉しいよ。僕のすることすべてに感じてくれている……」

秘所を舐めしゃぶられる恥ずかしさに啜り泣いたけれど、細く尖らせた舌先が蜜壺を抉るようにして挿《はい》り込んできたときには、羞恥のあまり気を失ってしまいそうだった。

じゅるっと啜り込む音を止めたくて、太腿を摑んでいるシルヴァの頭を突き放そうとした。

だが、クレアの抵抗を見破ったシルヴァの柔らかで熱い舌が蜜壺から花芯へと、敏感すぎる場所をねろりと何度も縦に往復したせいで、とうとうクレアは泣きじゃくった。

「いや、シルヴァ様……っそこ、そんな、ふうに……舐め、ちゃ、いけない……っ、のに……や、ぁ……あ、あん…っ」

まるで、お腹を空かせた猫がミルクを貪るみたいに、シルヴァはクレアの秘部をあますところなく舐め、蜜壺にとろりとした唾液を流し込んでくる。

「ぐしょぐしょになってしまったよ。クレア。男を知らないくせに、いけない子だ」

「こんな……どうして……」

「さっきも言ったようにクレア、僕はきみが欲しかったんだよ。ずっと昔からね」

妖艶に微笑まれ、クレアの背筋にぞくりとしたものが駆け抜ける。

「……っ」

「ああ、もうこんなに濡れているね。少しだけ痛くさせてしまうかもしれないけれど」

起き上がったシルヴァが衣服を脱ぎ捨てるのを、信じられない思いで見つめていた。

細身に思えていたが、軍神のように鍛え抜かれたシルヴァの身体に、ひときわ雄々しく脈打つものを見つけて、どうしていいかわからない。無意識に後ずさったが、ベッドの上では逃げようにも無理がある。

目をそらそうとしたが、シルヴァに手を摑まれて導かれた。

「……っぁ……！」

「これが、僕だよ。クレア。きみを欲しがってこんなになってる」

熱に浮かされたようなシルヴァのそこは斜めに反り返り、先端も大きく張りだしている。

どくどくと脈打ち、先のほうがいやらしくぬるりと濡れていた。

閨《ねや》の中で男女がどんなふうにして睦み合うのか、昔、城にあった恋愛小説で読んでどきどきしたことがあったが、男性の身体がどうなるか細かく書いているわけではなかった。

女性としての自分の身体も、ここまで熱く潤むなんて、初めて知ったことだ。

（――ずっと昔から欲しいとおっしゃっていた。なぜ？　なぜ彼がわたしを欲しがるの？）

「……んっ……んっ……」

激しいキスに気を取られている間に、シルヴァの屹立が濡れた花弁を拡げるようにじわじわと嬲る。その甘い快感にクレアは喉奥で喘いだ。

シルヴァの先走りで濡れた亀頭で花芽を擦られると、気がおかしくなってしまいそうに気持ちいい。最初から感じてしまうのは、シルヴァの愛撫が徹底しているせいだ。

ぐっと腰を落としてくるシルヴァの動きに合わせて、剛直がずくんとねじ込まれる。

「ん――ん、ん、っ……ん……！」

身体を引き裂かれそうな痛みに涙が滲み、意識を手放してしまいそうだが、浅く、揺すりながら押し挿《はい》ってくるシルヴァのものが身体の中で激しく脈打っているのが生々しい。

破瓜の痛みを堪えているクレアの顔中にキスを散らし、シルヴァは腰を揺らしながら自身を馴染ませ、「……やっと」と呟いた。

「やっと、……きみの中に全部挿った。熱くて、湿ってる。僕を締め付けて離さない」

「……シルヴァ、様……っ……」

手を摑まれて指を一本一本深く組み合わせられ、広いベッドに組み敷かれた。

隙を見て逃げ出すことも考えていないわけではなかったが、自分を貫く男がだんだんと激しく動き出し、痛みはどこかへと消え失せ、肌が汗ばむほどの快感がじわじわと襲ってくる。

最初こそは鈍い快感だったが、シルヴァが一突き一突き、クレアにもはっきりわかるように突き込んでくると、狭い秘所が肉棒を熱く包み込んでじゅぷじゅぷと音を立てて快感を高めていく。

「っ、いや、あ、そんな、強く、したら……っ」

「クレアのここは……くちゅくちゅに濡れて僕から我慢を奪い去ってしまうんだね。乱暴にしたくないのに、もっと貪りたくなる。乳首もこんなに尖らせて……いやらしいな」

深く息を吐いたシルヴァが、乳首を舐りながら大きく腰を使ってくる。

ぐしゅぐしゅと抜き挿しされる逞しい肉棒に襞がまといつき、もっと擦ってほしいとでもいうように絡みついてしまう。

身体の奥底から火のような快感がこみ上げてきてクレアを翻弄する。

もう、耐えられない。

傷ついた踵をくちびるで癒されたときから、この快感は始まっていたのだ。

「だめで、す、シルヴァ様、なんだか、……っおか、しく、な、……っちゃ、……」

「いってもいいんだよ、クレア。きみの感じる顔を僕に見せてごらん」

シルヴァが最奥まで押し込んできて、張り出したそれでぐりぐりっと擦る。

それからぎりぎりまで引き抜き、敏感すぎるクレアの肉襞を掻き回して再び最奥まで突き込む。

何度もそうされると、物足りなさと充足感が入り乱れて混乱し、クレアを絶頂へと追い詰める。

「あっ、んあっ、シルヴァ様、だめ、あっぁ……――ぁ、あぁ……！」

ひくっと背を攣《つ》らして高みに追い詰められたクレアは、無意識にシルヴァの背中にしがみついていた。

いくつもの眩しい火花が瞼の裏で散っているようだった。

クレアが生まれて初めて得る絶頂感を、シルヴァはさらに引き延ばしていく。

「僕もきみの中でいくから。クレア、僕の全部を受け止めて」

「……っぁ……」

絶頂のさらに先にある深い快感を引き出すように、シルヴァがクレアの腰骨を摑んで突き上げてくる。

自分がいまクレアの中に挿っている、ということを確認したいのだろう。

深々と交わる陰部を指でわざわざ触れてきて、「僕が挿ってるの、わかる？」と囁きながら、クレアの花芽をねちねちとこね回してくる。

貫かれながら彼の指に花芽を捕らえられると、どうしようもなく熱く疼いてしまう。

そこがたまらなく感じてしまうなんて、どうしてシルヴァは知っているのだろう。

彼の指や硬い叢《くさむら》で擦られることで花芽を包む薄い皮膜が剝け、激しい快感をクレアに与える。

「あっ、ッ……ん、また、だめ、いっちゃ、……っう、……んぁ……っ」

「……クレア……！」

シルヴァが顔をしかめ、一層腰の動きを強め、抉り込んでくる。

額に汗を滲ませ、貪欲に求めてくる姿がいつもの気品ある彼とは違い、まるで本能だけで動く獣みたいな鋭さがクレアの心を捕らえた。

髪を乱し、ぐっと奥歯を噛み締めるシルヴァの男っぽさに心臓がごとりと動く。

（ただ綺麗で朗らかなだけのひとじゃない。このひとの本性はもっと違うところにあるはず）

そのことについてもっと深く考えたかったが、貫いてくるシルヴァの淫靡な腰遣いに意識がそれてしまう。

力尽くで犯されているのに、なぜなのか、シルヴァから目が離せなかった。

「……ッ、きみが欲しいんだ」

「……んん……っ！」

甘く囁き、シルヴァが深く穿ってくる。クレアを強く抱いて、ひとつ息を吸い込むと、どくどくっと熱いものを注ぎ込んだ。

「あ、あ、っ、そんな……っ……」

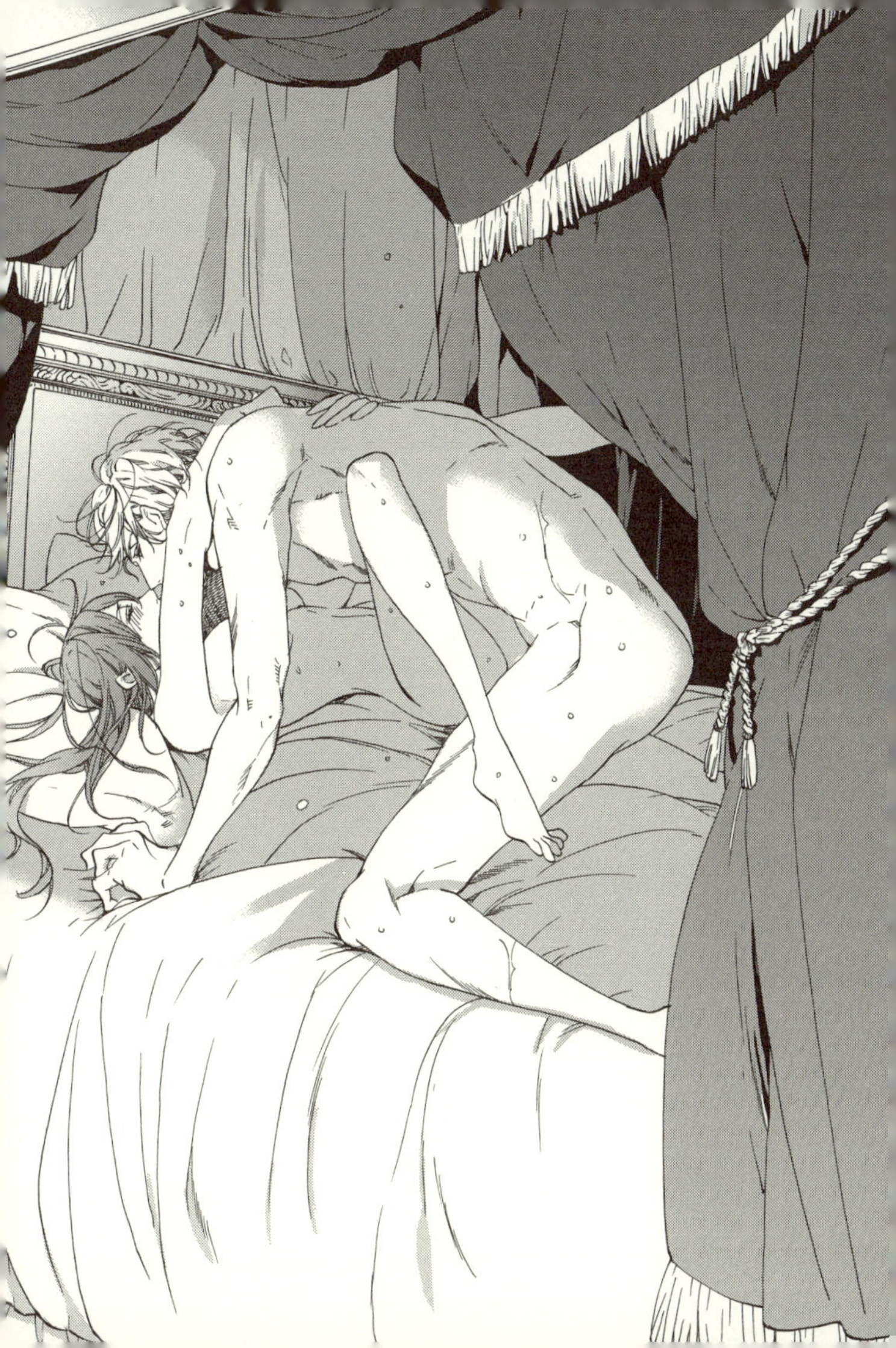

「逃げないで。きみが僕のものだって印をつけないと……」

彼が放つたびに、中で雄々しいものがびくんと脈打つ。肉襞を叩くのがわかるほどの密着に、クレアも再び達した。

最後の一滴までクレアの中に擦り付けたいかのようなシルヴァの腰の動きが淫らで、――気持ちよくて、クレアは息を乱したまま震える瞼を伏せた。

「最初から……きみの中に出してしまったね。ああ、ぐしょぐしょだ。僕のは濃くて多いから、クレアを困らせてしまうかもしれない。今度は、この可愛いくちびるで受け止めてほしいな」

情交の熱が冷めやらない表情のシルヴァがクレアのくちびるを指でなぞってくる。

その仕草がなにを意味しているのか、わかるようでわからない。

あまりの扇情的な言葉を、わかりたくないのかもしれない。

(わたしは彼の奴隷なのだからなにをされても文句は言えない。でも……)

これからなにをされるのだろう。

考えるだけで、言葉にはできない熱い感情が胸に浮かぶようだった。

第五章

クレアがずっと幼い頃——やっと三つか、四つになった頃だったろうか。

第一王女のクレアは、王たちにとって目に入れても痛くないほど大事に育てられた一人娘だった。皇后は身体が弱く、クレアの他に子どもをもうけることができなかったが、そんな王妃を深く愛した父王は、側室を作ることはしなかったと噂に聞いている
初めてきちんとしたドレスを着せてもらえ、人前に出ることを許された宴だった。

王城の大広間で、皆よりも高いところにある檀上で、クレアは父と母に手を取られながら立つ。

『みなが、おまえのために来てくれたのだよ。礼を言いなさい』

『ありがとう、……ございます』

国王にうながされたどたどしく挨拶をするクレアの様子にみな笑み崩れ、宴は和やかな

雰囲気となった。心細くないようにと、父の大きな手がしっかりと自分の手を握ってくれているのも嬉しかったのだろう。終始笑顔のクレアに、母もそばに寄り添っていた。

王家といっても家族の繋がりが強い和やかな光景をシルヴァが羨ましく見ていると、偶然、クレアと視線があった。

クレアはかたわらの父王になにか囁き、とことことこちらに向かって歩いてきた。

「こんにちは」

「……こんにちは、姫」

「ひとりで、いらしたんですか？」

「いえ、父と。……でもいまは、他のひとと話していますが」

突然クレアに話しかけられて動揺したものの、まだ幼く、純粋な声に癒される。なにか話したいと思うのだが、年下の姫が喜ぶような話題が即座に思いつかない。

情けないな、と己をたしなめていると、クレアはなにかを思いついたような顔で、「ちょっと待っていてね」とシルヴァに言う。それから、たくさんの料理が盛られたテーブルから砂糖のかかった美味しいお菓子を三つほど手に取り、駆け戻ってきた。

「どうぞ。中にアーモンドが入っていて、とってもおいしいの」

「これを、僕に？　……どうして？」

シルヴァは瞳を煌めかせた。

「なんだか、……元気がなさそうだから」

素直なクレアに、シルヴァは面食らった。

「……いいお父様とお母様に育てられたんですね。お父様たちのことは好きですか？」

「ええ、大好き！」

その声に、シルヴァは呆気に取られていたけれども、やがて苦笑いした。

格好をつけて、無理に話題を探そうとしなくてもいいのかもしれない。もらったお菓子を口に放り込むと、きらきらした瞳が向けられる。

「美味しいですか？」

「はい、とっても」

クレアは嬉しいらしく、にこにこしている。

「姫は素直な方なんですね。とっても愛らしい。お父様たちに愛されるのもわかります」

「あなただって、ご自分のお父様たちがお好きでしょう？」

「さあ……どうなんだろう。うまく言えません」

いつだって戦に夢中な父王を好きなのかと問われると、言葉に詰まる。勝ち戦を続ける父王を尊敬はしているが、クレアのように素直に好きだと言えるかどうか。パーティに連れてきてもらっても放っておかれるのが寂しいと言いたかったが、そこはプライドが邪魔してさすがに口には出せなかった。

心配そうなクレアが顔をのぞき込んでくる。

「あのね、好きって言い続ければ相手もきっと好きになってくれるんですって。お父様に教わったの。わたし、犬が苦手だったんだけど、毎日、好き、好きって言いながら一生懸命お世話をしていたら、最近、仲良くなれたの。だから、あなたも――」

クレアが最後まで言い終えないうちに、思わず笑い出してしまった。

「父王と犬を一緒にすることはできませんが、クレア姫の言うとおりですね。まず自分から動かないといけませんね」

「あ、ごめんなさい。わたしったら、失礼なことを……」

「いえ。姫の言葉でなんだか目が覚めました。僕は大事なことを忘れていたようです。拗ねてばかりじゃ、だめですね。父王にとって、僕が必要な存在だということをアピールできるよう、頑張ってみます」

血の繋がった親子ならば、特別なにかをしなくても可愛がってもらえるのかもしれないが、シルヴァの父は広い大陸の中でも名を馳せる名将だ。そんなひとの子どもに生まれ、こうしてあちこちのパーティに出ている以上、自分にもなにかできることがあるはずだ。

「ありがとう、姫。あなたのおかげで元気が出ました」

「よかった」

お菓子を食べ終えたシルヴァはクレアに礼を言ったあと、背筋を伸ばし、父王のもとへと戻っていった――。

それから、時が過ぎること数年。

再び、シルヴァはフロイランの城で開かれたパーティへと足を運んだ。今夜は、父王の代わりとして、ひとりでの参加だ。

「クレア、こちらに来てご挨拶なさい」

「こんばんは、スタンリー閣下。今夜は、母の誕生パーティにようこそおいでくださいました」

小鳥がさえずるような可愛らしい声が聞こえてきて、シルヴァは振り返った。

九歳になったばかりだと聞く、クレアがドレスの裾をつまんで礼儀正しく挨拶すると、シスルナ軍を率いる屈強なスタンリーが、たくわえた白いひげをふるわせておもしろそうに微笑んでいた。

周囲で見守っていた大人たちも「まあ」「さすがは姫様だ」と感嘆の声を上げる。

シスルナの皇后陛下の誕生祝いである宴には、多くの国から貴族が集まっていた。大勢のひとに愛でられてはにかむクレアは、艶やかな栗色の髪を淡い薔薇色のリボンで飾り、ドレスも同じ色でふんわりと仕立てたものを着ていた。

幾重にも繊細なレースが重ねられた広口の袖から伸びる華奢な細腕には純白の長手袋をはめ、にこりと笑うと持ち前の美しさが一層輝き、利発さと愛らしさが増した。

（なんて可愛らしいんだろう。昔に会ったよりずっと愛らしくなった）

シルヴァはクレアから目が離せなかった。彼女がもっと幼いときにも一度パーティで会っているが、日ごとに美しく育っていくようだった。

生真面目で、清楚な雰囲気のクレアだが、大人をおもしろがらせる茶目っ気も持ち合わせていた。

「今日は、お母様もたくさんの方に祝っていただけて嬉しいから、わたしもいつもよりボンボンを多く食べていいのですって。スタンリー閣下。あとでこっそりいただいてもよいかしら」

「それはそれは。確かに、今宵は特別ですな。麗しの我が皇后様の素晴らしいお誕生日、私も招いていただいて大変嬉しく思っております。ボンボンをお食べになるときは、私が背後で見守っていましょうぞ」

クレアの冗談に、国王も皇后も苦笑いし、いつもはいかめしいスタンリーも大笑いしていた。そして、スタンリーがそばのテーブルからとびきり甘いボンボンをクレアに渡してくれたとき、ちょうど楽士たちが華やかなワルツを奏で始めた。

「お手をどうぞ。クレア姫、一曲お相手願えますかな？」

「よろこんで」

まるで一人前のレディに対するように手を差し伸べてくれるスタンリーにクレアがお辞儀をして手を握る。ふたりで軽やかなステップを刻むとその場にいたひとびとが微笑み、自分たちも、と次々に踊り出した。

曲は楽しく、明るいものが続き、いつ果てるともなかった。

三曲、四曲、と続く曲にシルヴァも交ざろうかと考えたが、昨日も一昨日もべつの城でのパーティに挨拶に出ており、いささか疲れていた。

（少し熱っぽいかな）

もっとクレアを見ていたかったが、仕方なく人波をかき分けてテラスへと出た。心地好い夜風が吹いている。何度も深呼吸しているとパーティの熱気がやっとどこかへ去ってくれるようだった。

そんなときだ。背後に気配を感じて振り向くと、薔薇色のドレスを着たクレアが立っていた。

まさか、彼女自身が来てくれるとは思っていなかったから、驚いてしまった。

「あの……ご気分でも悪いのですか？」

以前の宴でも、こんなふうに彼女に声をかけられたのだっけ。

（――彼女は覚えていないだろうけれど。でも、二度も彼女は僕に声をかけてくれた。

きっと、運命だ）

しばらくシルヴァが黙っていると、クレアは心配そうな顔で近づいてくる。

「よければ、お水をお持ちしましょうか」

「……ああ、申し訳ありません。あまり体調がよくないまま、今夜の宴に来てしまったもので……少し、人酔いをしてしまいました。せっかくのお祝いの日にすみません。少し休んでいればよくなると思いますので」

年に似合わず大人びたシルヴァの口調にクレアはちょっとの間、考え込んでいた。

それから、ドレスの裾を翻して広間に戻り、親しい使用人と話し、誰の目も引かないように慎重にグラスいっぱいの水を運んできた。

「どうぞ、お飲みください。それと、お薬も」

「薬？」

「はい。我が国に伝わる煎《せん》じ薬です。ゆっくりとした効き目ですが、滋養があります。どうぞ」

言葉とともに、紙に包まれた薬が差し出される。彼女の優しい心が素直に嬉しかった。親切なところは、幼い頃とまったく変わらない。

「ありがとう。いただきます」

クレアに渡された薬を飲み、少しは落ち着いた。シルヴァは脇に寄り、「どうぞ」と彼女をベンチに座るよう誘った。

「わざわざ外国からいらっしゃったのですか？」

「ええ。ここから少し離れています。あなたは、クレア姫ですね」

「ご存じなのですか？」

驚いているクレアに、シルヴァは微笑む。

「――姫のことを、ずっと、……ずっと、見ていましたから」

(ずっと、昔から、きみだけを)

言葉を切り、じっとクレアの瞳を見つめた。

そんなふうに熱っぽく見つめられるのは初めてだったのだろう。顔を赤らめたクレアがうつむくので、シルヴァはなにげない風を装って話し続けた。

「楽しげに踊っていらっしゃるのが、ここからもよく見えました。姫はダンスがお得意なんですね。まるで可愛らしい小鳥のようだった」

「お母様がダンスが大好きなので、自然と覚えました。あなたは？　ダンスはお好きですか？」

「ええ、好きです。でも、軽やかに踊る姫のパートナーにはなれないな。……ちょっと、いまは身体がふらつくから」

声が掠れたことに、クレアがなんの気なしに手に触れてきた。ひんやりと心地好い、と感じるほど熱が上がっていたみたいだ。

「大変……」

クレアが声を潜《ひそ》める。

これでよく、宴に来られたものだと自分でも思う。馬車に乗って揺られているときがいちばんつらかった。

「よければお部屋を用意します。お休みになってはいかがですか？」

「大丈夫。この手の熱はたまにあるんですよ。情けないことに、パーティが続くと熱が出てしまう。もし、姫さえよければ、膝枕をしていただけませんか？」

「膝枕？　私の膝でいいんですの？　羽根枕のほうがずっと心地好いのに」

不思議そうに呟くクレアに、シルヴァは声を上げて笑った。

ほんとうに、可愛くて素直な姫だ。クレアも可笑しそうに微笑み、少し頬を赤らめて「どうぞ」と言った。

降るような星空の下、着ている服の裾が崩れるのにも構わず、シルヴァはクレアの膝に頭をのせて気持ちよさそうに瞼を閉じた。

そっと、クレアが髪を撫でてくれる。

「弱い男だと思うでしょう？」

きらきらした瞳を見つめながらシルヴァがそう言えば、「いいえ」とクレアは笑って首を振った。

「そんなことありません。わたしも、お勉強の時間にはよく熱が出ますから。……あのう、笑わないでくださいませね。わたし、化学がとても苦手で、教えてくださる先生もお困りのようなんです」

「そうですか。では、姫はなにが得意?」

「文学なら。この国の歴史を学ぶのも好きですし、本を読んでいると時間が経つのを忘れてしまいます」

「本はいいですね。どんなことが起きても、本の中では幸せな結末だ」

温もりが心地よくてシルヴァが身を擦り寄せると、クレアはもっと優しい手つきで髪を撫でてくれた。

生まれてこの方、そんなことをされたのは初めてだった。シルヴァがひくんと背中を震わせると、クレアの手が一瞬止まる。

「よかったら、もっとしてほしいな」

「はい」

殊勝に頷くクレアが髪を梳いてくれる。

「ほんとうはね、……僕が今日ここに来たのは、父の代わりなんです。父は……とても忙しくて、パーティでの社交は無意味だと言っている。それで、僕があちこちのパーティに顔を出すんです。続くときは続くもので、もう十日間もパーティに出て挨拶をしていたから、さすがに疲れてしまった」

「そうだったのですか。それは大変ですね……」

シルヴァが若いながらも正装が板に付いているのには、そういう理由があった。

クレアが髪から、背中をいたわるようにゆっくり撫でてくれる。

「……僕がいないほうが、城も穏やかだ。新しい母との間に生まれた弟は素直で、やんちゃで、父も気に入っている。三人でいると、僕の居場所が……」

クレアの優しい手つきに心がほどけ、誰に聞かせるでもない胸の裡《うち》を小さく零すと、

「なんておっしゃったのですか？」と訊かれたので、シルヴァは「もっと」と言った。

「気持がちいいから、もっと撫でてほしい。そう言ったのですよ」

「はい」

ふと漏れた本心を隠すようにそう言えば、彼女は可愛らしく微笑んでくれる。その笑顔を永遠に見ていたいと思った。

「姫は、いつもこんなふうにお優しいんですか。困っているひとを見かけたら助けてあげたいと思ってしまう？」

「はい。そう教わりましたから。でも、お膝にのせて髪を撫でたのはあなたが初めてです」

「……姫、ずっと昔に、こういう宴で、ある少年にお菓子をやったことはありませんか？」

問われたクレアは首を傾げている。

たった一度だけの、わずかな時間の逢瀬を、彼女は覚えているだろうか。

「あなたと少し似た方に……おひとりでいらしたので、お菓子を渡して、少しだけお話をしました」

「……覚えてるんだ」

それだけ聞いたらもう満足だ。「もっともっと撫でてください」と言うと、クレアは苦笑し、再びその細い指で髪を梳いてくれた。

「気持ちいい……。こんなふうに撫でてもらったのは初めてだな」

「……あの、あなたのお母様は？」

「病気で亡くなりました」

さりげなく言ったのだが、クレアが悲しそうな目をしていることに気づき、話題を変えることにした。自分の生い立ちのことでクレアの心を重くさせるつもりはない。

「――それはそうと、クレア姫、あなたはとても綺麗な足をしていらっしゃるんですね」

「足？」

「ダンスのときも、さっき水を持ってきてくださったときも、ドレスの裾が翻って、とても綺麗な足が見えました」

顔を真っ赤にしたクレアに、シルヴァはいたずらっぽく笑う。

「失礼だと思ったのだけど、黙っていられなくて」

恥ずかしがっているクレアが愛らしい。

だが、そろそろ帰らなくてはならない。満足げにため息をついたシルヴァは背伸びして起き上がり、クレアの手を軽く握った。

「ありがとうございます。クレア姫。おかげで、気分がだいぶよくなりました。ダンスにお誘いしたいところですが、今夜中に国に戻らないといけないので、これで失礼します。また、会ってくれますね？」

「はい、ぜひ。わたしもお会いしたいです」

微笑む姫を、いっそこのままさらってしまえればいいのに。

そんなことはできないとわかっていても、胸が甘く、せつなく締め付けられる。

ここでクレアをさらうことは立場上無理だが、この先もっと力をつけて彼女の隣に並ぶのにふさわしい男になれば、いつか自分のものになってくれるだろうか。

「また、お目にかかれますように」

「ええ。それでは、——また」

「……あ……」

手の甲に優しいくちづけを落とし、シルヴァは微笑み、上衣の裾を翻して大広間に戻っていった。

肩越しに振り返ると、くちづけられた場所を守るように胸の前で手を重ねているクレアが見えた。


一度だけならば、偶然と片付けてしまえるかもしれない。けれど、クレアには時を経て二度会い、どちらも、シルヴァが声をかける前に、彼女のほうから近づいてきてくれた。

そのことに、シルヴァは確信した。

クレアが欲しい。いつか、自分だけのものにしたい。

優しい彼女は、困っているひとを見捨てられない性格なのだろう。だから、一度だけでなく、二度も声をかけてくれたのだ。

誰にでも公平に細やかな気配りを見せるのだろうが、シルヴァは彼女を自分だけのものにしてしまいたかった。

誰にでも優しくするクレアの愛情を独り占めできればどんなにいいか。きっと、細やかな愛情を終始注いでくれるはずだ。

もともと、シルヴァはひとりのひとに固執するほうだったから、クレアを愛したらとことん、自分なりの熱情で愛し抜くつもりだった。

いつか——どんな形でクレアを手にできるか、いまはまだ想像できないが、辛抱強く待てばきっと好機が巡ってくるはずだ。

「いつかきみを迎えに行くよ、……かならず」

城を出て馬車に乗り、白い月を見上げてシルヴァは微笑んだ。

第六章

シルヴァの奇妙な癖が始まった。

以前、彼はクレアに言ったことがある。

『きみに似合うドレスや靴を与えよう』と。

商人の館でクレアを競り落とし、ちょっとしたいたずらを仕掛けたあと、そう言ったのだ。約束どおり、シルヴァは奴隷であるクレアに似合うドレスと靴をふんだんに誂《あつら》えた。

その場面をもしも誰かが見ていたら奴隷に与えるには高価すぎると諫《いさ》めていただろうが、『僕の好きなように扱うための奴隷だよ』とシルヴァは返しただろう。

シルヴァがとくにこだわったのは、靴だ。

今日も執務の合間を縫って、靴職人を招いた。

戦後のフロイランは、同盟国であるヴァルハーサよりも復興に遅れを取っていたが、シルヴァが神経を張り巡らせて王都からずっと遠い村まで使いの者を行かせ、食料や衣類の物資を送ることはもちろん、孤児院にも援助をしている。

おかげで、民の王家に対する愛情はより深まり、一日も早い復興を目指して誰もが奮闘していた。

靴職人を招き、クレアに似合う靴を作らせるのは、身体がふたつあっても足りないほどのめまぐるしい日々を送るシルヴァにとって、唯一の楽しみだ。

「失礼いたします、シルヴァ様。新しい布が入手できましたので、デザインのご相談に伺いました」

「楽しみにしていたよ。なにか素敵な革は手に入ったかな？」

侍女の案内で入ってきた職人、アロイスをソファに座るよう指示すると、アロイスは使い込んだ大きな革鞄から木型と革のサンプルを取り出す。

本来、職人が王子の執務室に入ることは立場上ないのだが、シルヴァはどんなことでも自分の目で確かめるというのが信条だった。

まだ二十代半ばという若さでありながら、アロイスは、フロイランでもっとも腕のいい職人だ。それに、口も固い。

どんな目的で靴を作らせているのか、ほんとうのところは彼にも喋っていなかったけれど、女性用の靴を王子であるシルヴァが何足も作らせているということが周りに知れたら大騒ぎになることは間違いない。

勝ち戦のあと、シルヴァには多くの貴族たちから求婚の話を持ちかけられているのだ。

シルヴァは、いずれフロイランを背負って立つ人物となる。

頭脳だけでなく、容姿も優れた王子となったら、一目でもいいから会いたいという貴族の娘たちが舞踏会に押しかけ、シルヴァが誰と踊るのかと牽制し合っていた。

だが、いまシルヴァの心を占めているのはクレアただひとりだ。

「とても質の良いスエードが手に入りました。それと、上質の絹も」

「へえ、絹か。なにが作れる？　室内履きのようなものかな」

興味を示したシルヴァに、アロイスが光沢のある滑らかな絹を数枚手渡す。

品のある紅色や闇夜にも似た漆黒が、クレアの白い肌に映えそうだ。

「室内履きも素敵ですが、こちらの漆黒の絹ではバレエシューズに似たものを作ってみてはいかがでしょうか。ダンスの練習用にも使えると思います。紅色の繻子《しゅす》のダンスシューズもよいでしょう。ドレス姿に映えるシンプルなデザインで」

「そうだな……」

絹の柔らかな手触りに微笑み、なにかを思いついたような顔でシルヴァは頷いた。

「では、この黒い絹でバレエシューズを。リボンは長めにとってほしい。赤い繻子のダンスシューズも頼む。踵は思いきり高く作ってくれ。こちらの焦げ茶のスエードは……そうだな。編み上げの靴などどうだろう。編み上げの部分は少し複雑なものにしてほしい。見た目には美しく」

「とてもよいと思います。ダンスシューズやバレエシューズは数日で仕上がりますが、編み上げの靴はもう少しかかるかもしれません。よいでしょうか」

「構わない。おまえの腕は信頼している。できあがり次第、持ってきてくれ」

「かしこまりました」

靴のサイズについては心配はなかった。クレアに「新しい靴を作りたいから」と言い、アロイスに引き合わせてサイズを測らせ、彼女専用の木型をすでに作ってある。

金貨が詰まった小袋を渡すと、アロイスは深く頭を下げて受け取る。

ふと、アロイスが思い出したように、「これを、シルヴァ様に」と少し大きめの布袋を渡した。

「これは？」

「靴をお贈りになる相手にお使いになってはいかがかと」

袋の口を開いて中をのぞき込み、シルヴァは思わずにやりとする。

「ありがたく使わせてもらうよ」

「では、私はシルヴァ様のお目にかなうものが作れるよう努めます」

そう言って帰っていったアロイスを見送ったあと、しばらくしてから控えめに執務室の扉が叩かれた。

「クレアかい？　お入り」

「失礼します。お茶を持って参りました」

毎日、午後三時はお茶の時間だ。

銀のワゴンを押して、清楚な紺色のドレスに身を包んだクレアが入ってくる。

「紅茶を淹《い》れてもよいですか」

「ああ。ミルクを多めに入れてくれ」

「はい」

かたわらでクレアが銀のポットを手にした。青い花模様が入ったカップやミルクはすでに温められている。

「お茶の淹れ方がずいぶん上手になったね」

クレアを奴隷として買ってから、もう一か月以上経つ。

だが、普通の侍女よりも待遇がいいことに、クレア自身が戸惑っているだろう。

母国にいた頃より、贅沢な生地を使ったドレスに靴を与えられ、奴隷らしい仕事と言えば毎日シルヴァを起こして身支度を整え、十時と三時に茶を淹れる。

(それから、あの身体で僕を楽しませてくれる)

なにかにつけてシルヴァはクレアに触れていたが、ほんとうの意味で繋がったことはまだ一度しかない。

初めてのとき、あまりにも彼女が欲しすぎて自制がきかず、彼女の中に何度も出した。そのこと自体は後悔していない。

機会さえあれば、時間を忘れて彼女の中に己の欲望を何度も打ち込み、まろやかな乳房を撫でながら貪欲に射精したいと思っている。

だが、彼女の身体の負担を無視するつもりもない。

最初から深く貪られたクレアは翌日、ずいぶんとつらそうだった。

だから、少しだけ自分の中に棲む獣をなだめようと思う。

(それに、焦らせば焦らすほどクレアの情欲は深くなる。僕の欲望も)

細く白い指がポットに巻き付くのを見ると、知らず知らず舌なめずりしてしまう。

いまここで、彼女を跪かせて、咥えさせるのはどうだろう。

クレアにこれまで男性との経験がなかったことは、彼女の身体を踏みしだいた自分がいちばんよく知っている。

(——ああ、きみにいろいろ教えたいよ、クレア。僕のありったけの欲望をきみに味わわせたい)

くすりと笑うシルヴァに、クレアは少し怪訝そうな顔をするが、皿に載ったティーカップを差し出してきた。

「どうぞ、シルヴァ様」

「ありがとう」

紅茶の入ったカップを受け取るとき、ほんの少しだけ指先が触れた。

はっとしたような顔でクレアが身を引くのがおもしろい。

自分の一挙手一投足にクレアは気を張っている。

その美しくて純粋な顔に、己の欲望を擦り付けて汚したくてたまらない。

しかし、ぐっと堪えて紅茶を飲んでいると、「あの」とクレアが話しかけてくる。

「家令より言付かって参りました。来週、ヴァルハーサの城で行われる仮面舞踏会の招待状が届いているそうです。シルヴァ様にも出席していただきたいとのことでした」

「来週？　また急だな……。もともとあの国はなんでもかんでも思いつきでやる。急襲が得意なのは戦だけにしてほしいものだが」

「では、出席なさいますか？　あとで家令に伝えておきます」

しとやかな振る舞いがクレアには似合う。さすがは、元王女だ。

手を出さない——そう自分に言い聞かせていたが、どうにも我慢できず、シルヴァはクレアの腕を摑んだ。

（ほんの少しなら）

「シルヴァ様？」

「僕の膝に座って。少し話をしよう」

「膝、ですか」

唖然とするクレアをさっさと向かい合わせに膝の上に座らせ、小皿に盛られたクッキーを横目で見て、「食べさせて」とねだった。

「きみが僕にたべさせて」

「おひとりで食べられるのでは？」

「だめ。いま僕の両手はきみの腰を摑んでいるからなにもできない」

「……わかりました」

観念した様子でクッキーをつまみ、クレアが差し出してくる。

丸いクッキーを頬張り、「うん、美味しい」と頷くと、クレアが困ったように小さく笑う。

「……シルヴァ様は不思議な方です。王子なのに、わたしのような者を膝に座らせてクッキーをねだるなんて」

「クレアも食べてごらん。うちの料理長が作るお菓子はとても美味しいんだよ」

「ですが、あなたのために料理長が心を砕いて焼いたせっかくのクッキーなのに」

「いいから」

シルヴァの命に、クレアはこくりと頷き、クッキーをかじる。とたんに顔をほころばせた。

「とても美味しいです」

「だろう？　ミルクをたっぷり入れるのがコツなんだそうだよ。ねえクレア、その食べかけのクッキー、僕にもくれないか」

「いえ、でも、これは」

「僕の命令だよ。食べさせて、クレア」

目元をうっすら赤く染めたクレアが頷き、食べかけのクッキーを口に運んでくれる。震える指先ごと、ぱくっと頬張った。

「捕まえた」

「あ……」

口の中で泳ぐ指を舌で捕らえると、クレアが目を丸くする。みるみるうちに頬が赤くなっていくのがたまらなく愛らしい。

「クレア、美味しいよ」

「っん……」

クッキーの粉がついた指先から谷間までねっとりしゃぶった。

「きみを食べてしまいたいよ」

冗談交じりに指を軽くかじると、クレアが身体をぶるっと震わせる。

羞恥に目元を染めながら、熱っぽい疼きを宿してじっとしていられない姿こそ、シルヴァが欲するものだ。

「……クレア。少し手伝ってほしいことがあるんだ」

「な、んでしょうか」

クレアの声が掠れるのも無理はない。もうさっきからシルヴァは昂ぶっていて、膝の上に座るクレアに硬くなる下肢を押しつけていたからだ。

「まさか、ここで……」

「最後まではしないよ。でもクレア。僕はさまざまな手を使ってきみを辱めたい。たとえば、いまここで、僕はきみの体温を感じたいんだ。動いたらだめだよ」

「な……っ」

身体をずらそうとするクレアを片手で捕らえ、シルヴァは窮屈になっている己の前をくつろげる。そして、クレアの細い指を摑んで自分の手に重ねた。

「男性のここに触るのは僕が初めて、だったね？」

「は、い、……ですが、いま誰かが入ってきたら」

「見せつけてあげるだけの話さ。王子の僕が、奴隷のきみに感じさせられている場面を」

下肢の一部だけくつろげると、いきり立ったものが鋭角にしなる。

「あ……」

まだ陽が沈む前なのに、執務室でシルヴァの男性器を見せつけられているクレアの手が熱い。雄に絡みつく指が蕩けてしまいそうなほど気持ちいい。

「クレア、僕のここは好き？」

「そんなこと、答えられません」

　顔をそむけるクレアだが、その指をそそり立つ自身の肉棒に強く絡めさせてやると、おもしろいぐらいにびくんと身体がしなる。

「じゃあ、嫌いなのかな。嫌いならそういうふうに扱っていいんだよ」

「シルヴァ様は……どうしてそう、意地の悪いことばかりおっしゃるのですか……」

　シルヴァはクレアの指と一緒に自身のそこを擦り立て、さらに硬くさせたところで息を吐いた。

「あ、の、……シルヴァ様、このましていたら、……」

「黙って」

「だって、……だって、さっきより、……ずっと熱くて、それに、大きくなって……」

「ああ、……きみに挿れたい」

「シルヴァ様……っ」

　困り顔のクレアの頤を捕まえ、くちびるを激しく吸った。その勢いで己の欲望を強く扱くと、クレアの指も一瞬きつく絡んでくる。

「……まるで、きみが好んで僕のここを触りたがっているように見えるね。……ふふっ、きみのくちびるの中でいきたいけど、それはまた今度にしよう。物事は段階を踏んでいったほうが楽しい」

息を弾ませ、離れそうになるクレアの手をしっかり摑んで動きを強めた。

なにか言いたそうな彼女のくちびるを見ているだけで、昂ぶってしまう。手の中の塊が頭をもたげ、先端が淫らにひくつく。

「……っシルヴァ様……！」

「好きだよ、クレア……手を、……離さないで。きみだけを愛しているんだ」

熱っぽい言葉にクレアが驚いた瞬間、どっとシルヴァの快感が吹き零れた。

クレアが慌てて互いの手の下に厚手のナフキンを敷く。ティーセットと一緒に持ってきたものだ。

雄の匂いが立ち込める中、シルヴァはクレアの柔らかな手の中に貪婪《どんらん》に射精し続けた。

互いの衣服が多少汚れても構うものか。

ほんとうなら毎日だってクレアを犯したいのだが、度を超すと彼女を壊してしまう。

だから、これぐらいの悪戯は許してもらわなければ。

それに、この間初めて彼女を抱いてわかったことがある。

クレアを抱いていると、快感が長々と続き、シルヴァ自身、これまでに味わったことのない感覚を得られるのだ。

元王女であるクレアには、何者にも侵されない潔癖さがある。純粋さと愛らしさがある。

彼女の柔らかで瑞々しい肉体は、すでに誰かが触れているのではないだろうかと、商人の館で彼女を競り落としたときに懸念していたが、クレアは生真面目にも純潔を守っていた。それが、シルヴァには想像以上に嬉しかった。

(なにもかも、僕が初めての男だ。それがどんなに楽しいことか)

「すごくよかったよ、クレア」

耳元で囁けば、彼女は顔を赤くして目を伏せてしまう。

新しいナフキンで後始末をしてくれるクレアのどうしていいかわからない顔を見ると、胸が苦しいほどの愛情がこみ上げてくる。

彼女との出会いを話し合いたかったが、もうずいぶん昔のことだ。

きっと、彼女は忘れている。

覚えていない話を持ち出して自分だけ嬉々とするのは嫌だから、窓を開けて新鮮な空気を入れて服の乱れを直し、再び彼女を膝の上にのせた。

あんなにもたくさん放ったのに、彼女を抱き締めるとまたも腰の奥がずくんと疼くのだから困ったものだ。

咳払いして、場の空気を変えることにした。

「きみは、どうして奴隷として売られることになったのかな」

「え……」

クレアが驚いた顔をする。

「商人の館でわたしを競り落とされたあなたは、すべてをご存じなのだと思っていました」

「シスルナがヴァルハーサに侵攻されて、城が落とされたあと、きみだけが行方不明になっていることは伝え聞いて知っていた。あの商人、ホフマンは、高級品だけを扱う。物でも、ひとでもね。きみもわかるだろうが、集まるのはごく一握りの貴族だけだ。だから、きみが商品として入ったリストをもらったときは驚いたよ」

彼女には秘密だが、シスルナが崩壊した直後から、シルヴァは諜報に長けた臣下を使い、極秘裏にクレアを追っていた。

だが、両親や親しい臣下を失った悲しみゆえか、クレアは遠い親族の者にも頼らず、一時はシルヴァも彼女の行方を見失ってしまった。

（なにを失っても、彼女だけは欲しかった。他のすべてを失ったとしても、初めて僕の心を奪った彼女だけは）

そして、シスルナがヴァルハーサに占領され、戦が終わりを告げて約一か月後、臣下から急ぎの連絡が入ったのだ。クレアが秘密の競りにかけられると。

あのとき、絶対に彼女を競り落とさねばと、シルヴァは己に誓った。

彼女が万が一、ヴァルハーサの手に渡ってしまったら、どうなるかわからない。

だが、ヴァルハーサと同盟国であるフロイランで、クレアを賓客として迎えるわけにもいかなかったため、密かに奴隷として招き入れることにしたのだ。

「ヴァルハーサ軍に城を攻め落とされ、わたしはふたりの侍女といくばくかの宝石を持って逃げました。ほんとうなら両親と一緒に死んでしまいたかったのですが……わたしまで死んでしまったら王家の血は途絶えてしまう。それはシスルナの民を見捨てるのと同じことです。いまはなにができるかわからないけれど、王家の血を引く者として、無責任なことはどうしてもできません。……なんとか自害を思いとどまり、持っていた宝石を少しずつ売りながら、人目を避けてあちこちの宿屋に泊まり歩きました。そのうち、侍女ともはぐれてしまったのです」

「戦が終わった直後はどこも混乱していたからね……」

「ええ。ですが、はぐれた侍女にも少しだけですが宝石を預けておいてよかったと思いました。あれをお金に換えてくれれば、宿に泊まることも、パンを買うこともできますから」

「それで？　きみはそのあとどうしたの？」

落ち着いたクレアの声を聞いているうちに、欲情の波は自然と引き、代わりに、言葉にはできぬほどの愛情が湧き上がってくる。

戦火の中、彼女を失ってもおかしくなかったのだと思うと、再び巡り合えた運命に感謝したい。

「わたしはひとりになり……お恥ずかしながら、食事もろくにできずに体調を崩し、ある辺境の宿屋で寝込んでおりました。そこで理由を話して働かせてもらおうか、それともなけなしのお金をはたいて船に乗り、遠い国に行ってみようかとも考えているところへ、わたしの名を呼ぶ方がいたのです。驚きました。わたしは侍女の名前を使ってその宿に泊まっておりましたから」

「それが、もしかして商人のホフマン？」

「はい。シスルナ出身のホフマンさんはたまたま、他の国に出かけて、戻ってくる最中にその宿に泊まったようなのです。わたしは――自分がいろいろな方に探されていると知っていましたが、どなたのところにも行きたくありませんでした。求婚してくださる方もいましたけれど、とても乱暴な方だと知っていて……、わたしはただただ疲れていて、ひっそりとしていたかったのです。ひとりで心細かったのは事実なのに逃げたいだなんて……卑怯、ですよね」

自嘲気味にうつむくクレアに、シルヴァは目を眇めた。

（――クレアに求婚相手がいた？　初耳だ。早速調べさせないと）

「ですが」

考え込むシルヴァに気づかず、クレアは目端に滲む涙を擦って顔を上げた。

「ホフマンさんは、わたしを競りにかけるという話をしました。最初は、わたしなどが売り物になるかどうか信じられませんでしたが、元シスルナの王女で、どの殿方ともおつき合いしたことがなく、その……『この容姿ならば何億スーク出しても惜しくないという方がいらっしゃるだろう』とホフマンさんが言ったのです。お相手は身元が確かな方ばかりで、お金もたくさん持っていらっしゃる……もしもわたしが売れれば、そのお金は困窮している民への物資や食料になると聞いて、決心したのです。どなたかの妻になるよりも、わたし自身、国を支えられなかった罪を我が身で償いたい――そう考えて、いまシルヴァ様のもとにおります」

クレアの紫色の瞳は深く、澄み切っている。

かよわい女性がひとりきりで動乱の日々を乗り切るには、どれほどの苦労と危険があったのだろうか。

シルヴァは戦勝国を率いる第一人者で、かつ剣術の腕については右に出る者はいないと自負している。

彼女が抱えてきた不安のすべてを理解してやれると言うのは傲慢だろうと己をたしなめたが、心細く、愛情に飢えているという点では痛いほどに共感できる。

膝の上のクレアを抱き締め、艶のある栗色の髪に何度もキスした。

「シルヴァ様……」

「きみは勇気ある女性だ。いまはヴァルハーサに占領されたとはいえ、シスルナの民は辛抱強く、愛国心も強いと聞く。王家の生き残りであるきみさえ希望を捨てなければ、いつかまた、シスルナが復活するかもしれない」

「ほんとう、……ですか？」

クレアが目を見開く。

「ほんとうにそんな日が来ると思いますか？　わたし、できるかぎりのことをします。神様にも毎日お祈りをして、シルヴァ様のように奉仕活動もして」

「きみならできるかもしれない。シスルナの王女なのだから」

ひとを誑《たぶら》かし、企みにはめていくことはシルヴァの得意とすることだが、つまらない嘘をつくたちではない。

「フロイランはヴァルハーサと同盟を結んでいるが、僕としてはきみの国や隣国のヨハナまで占領する考えではなかった。前にも言ったように、戦が長引きすぎて、我がフロイランも危うかった。質の高いダイヤモンドが採掘できるシスルナとはできれば和平条約を結びたかったが……ヴァルハーサはそれでは満足しなかったんだろう。占領してしまえば、シスルナの肥沃な土地も、ダイヤモンドも手に入る」

「はい。ダイヤモンドはシスルナの特別な産物でした。国にはいくつかの鉱山がありましたが、……ダイヤモンドが一番多く採掘される場所だけは敵に知られまいと、両親や臣下は秘密を持って死んでいったのです」

「不謹慎な話だけれど、きみはその場所を知っているの？」

「いいえ。知りません」

　声が硬いような気がしたが、シルヴァは深く問い詰めることはしなかった。彼女がこの点について隠しごとをしているかどうかということは、あまり気にならない。

　自分への愛情や忠誠心を騙《かた》っているというなら話は別だが、国の財産にはさほど興味がない。

　ダイヤモンド鉱山は確かに魅力的だが、フロイランは金の鉱山を多く持っている。それに、優れた絹や毛糸も産出している。

「ヴァルハーサは確かに大国だ。鋼鉄類の産出で有名だが、戦にあまりに金をかけすぎて、鉱山がいくつか潰れたと聞く。だからこそ、きみの国が欲しかったんだろう……」

　考え込むシルヴァの膝の上で、クレアはおとなしくしている。

　柔らかな肢体を持つ、猫みたいだ。喉をくすぐればきっと喜ぶだろうけれど、鋭い爪を隠し持っている気がする。

（油断ならない。そんなところもまた、いい）

「――それはそうと、きみはダンスが上手かな？」

「え？　……あ、はい、下手ではないかと、思います」

「なら、来週の仮面舞踏会には、きみを連れていく。早速ドレスを作らせよう。真っ赤な靴を作らせているんだ。それに似合うドレスを誂えよう。もちろん仮面もね。天鵞絨《ビロード》に美しい宝石をたくさん散らそう」

「いけません。わたしは奴隷なのですから、いくら身元を隠した舞踏会といっても、きっと正体がばれてしまいます。それに、ヴァルハーサはわたしにとって憎き国です。そんな国で踊るなど……」

「だからこそ、だよ。いつかは復活するという誓いを込めて、ヴァルハーサの貴族たちの前で僕と踊るんだ。きみの生存はいまだ不明ということになっている。ホフマンの館でも、シスルナの名は一応、一度も出ていないからね。クレア、きみが生き延びていることを知っているのは、僕とホフマンだけだ。髪を結い上げてしまえばずいぶん印象が変わる。ドレスも襟ぐりが開いた色気のあるものにしよう。シスルナの王女だった頃に、黒のドレスは着たことがあるかい？」

「いいえ、いつもは薄い黄色や水色のものを好んで着ていました」

「では、黒の大胆なデザインのドレスを着て僕と出かけよう。明日から早速、ダンスの練習だ。仮面舞踏会で、謎めいた存在としてヴァルハーサの奴らの心をかき乱せばいい」

次々に思いついて決めていくシルヴァに、クレアは困ったような顔をしていた。だが、やがて腹を決めたのか、「はい」と真面目な顔で頷いた。

＊＊　＊＊　＊＊

連日、広間でふたりきりでダンスの練習を行った。

もともとクレアはダンスが上手で、とくに練習など必要ないようにも思えたのだが、シルヴァはつねに彼女に触れていたかった。

むろん、王子としての責務も忘れてはいない。戦後の復興が捗《はかど》るように視察を続けるかたわら、身元を隠しての教会での慈善活動にはクレアも連れていき、子どもたちにはパンやミルク、大人には毛布と食料を分け与えた。

また、戦で家を失った者には、シルヴァの提案で、仮住まいではあるが腕のいい大工たちによって急遽拵《こしら》えられた家を渡した。

人間は、とりあえずは雨風がしのげる家と食料があれば安心し、気力も沸いてくる。こうした機転のおかげで、シルヴァに対する民からの好感度は否応にも高まり、引いては王家への信頼にも繋がった。

このことに気をよくしたのが、父である国王だ。

「我が国の民は根性がある。これならいつまた戦があっても大丈夫だろう」

「恐れながら――父君、このたびの戦は四年にもわたったのです。勝ったとはいえ、一歩間違えれば我が国とて危うかった場面はいくつもあったんですよ」

食事中でも戦の話を出してくる国王にやんわり忠告したが、大の戦好きである父がそれぐらいでおとなしくなるはずがない。

「北のほうにも領地を拡げたいものだな……。そのうち、おまえにも詳しい話をする」

「……はい」

「ねえ、父様。せっかく戦に勝ったんだから新しい馬を買ってください。綺麗な葦毛《あしげ》の馬が欲しいのですが」

十六歳になったばかりの義理の弟、ステアが無邪気に口を挟んでくる。

「馬はこの間買ったばかりだろう、まだ欲しいのか？」

「だって、ヴァルハーサの国にとても素敵な葦毛の馬がいたから。足も速くて……ああ、あの馬を買ってくれたら、もう我が儘は言いません」

「ステアったら、言い出したらきかないんですから」

ステアの甘えた言葉に、国王も、シルヴァにとっては義理の母になる皇后も、そろって笑う。シルヴァも場に合わせ、曖昧に笑っておいた。

シルヴァの生母はあまり身体が丈夫ではなく、たったひとりしか生めなかったシルヴァを愛しすぎるあまり、少し気がおかしくなっていた。

穏やかな義理の母とは比べものにならない、凄まじい性格のひとだったなと嘆息しながら、思い出す。

もともと生母は感情の波が激しく、愛情を超えたある種の虐待をシルヴァは受けていた。

父王はその頃も戦ばかりに夢中で、他国へと果敢に攻め、城にあまりいなかった。

すくすくと成長していくシルヴァに、母は容易に新しい靴を買い与えてくれなかった。

王家に金がなかったわけではない。服は替えてくれたのに、靴だけはなかなか新しいものに替えてくれない。きつい靴を履いて自分のそばで苦しんでいるシルヴァを見たいという、母の歪んだ、過度な愛情だった。

成長途中にある子どもにとって、小さな靴はつらいものだ。だからといって、一国の王子が靴を履かないというわけにもいかない。仕方なくその靴を履き、日中は母のそばで過ごすことが多かった。

『お母様、この靴、もうきついです』

そう言うと、酷薄とも思えるほどの美貌の持ち主だった生母は扇の陰で笑っていた。

濃い紫のドレスをよく好んで着ており、怖いほどに整った美貌と相まって女王という立場以上の迫力があるひとだった。

美しいものに目がなく、ベッドで休んでいる間の夜着にもこだわり、夜会服以上の金をかけて作らせ、透きとおるような金の髪をゆるく編み、室内履きにも金糸銀糸の花の刺繍が施されていた。

そんな母を、シルヴァは心から美しいと思った。そして、愛されたくて必死になり、彼女の歪んだ考えを受け入れた。

『その靴は、お母様の愛情よ。おまえを荒々しい戦から守ろうと懸命になっているの。お願いだから、ずっと私のそばにいてちょうだい』

『戦から、僕を……？』

『そうよ。だから、きついと思っても我慢してちょうだい。つらくても、けっして脱がないでね』

めずらしく頭を撫でてくれる母の柔らかな手が嬉しくて、そのねじれた言葉をシルヴァは受け入れた。

まるで枷《かせ》のような靴を履かせることで、シルヴァをそばに置いておこうと考えたのだろう。おかげで、幼い頃のシルヴァには友だちと呼べる者はひとりもいなかった。

皇后がどんなに厳しく、異常なところがあるといっても、父王が不在続きの城内では、彼女の言うことに誰ひとり逆らわなかった。いや、逆らえなかった、と言うほうが正しいかもしれない。

もうどうやっても入らないというほどにシルヴァの足が育つと、ようやく靴を替えてくれたが、それもやはり、いつも小さいものだった。

『小さいほうが脱げないですむでしょう？　少しぐらいきつくてぴったりした靴を履いているほうが安全なのよ。……私のそばにいれば、安全なのに、……お父様は私のこともあなたのこともほうってばかりで、戦に出かけているのだから……』

たぶん、戦にばかり精を出している父への恨みもあったのだろう。

それに、父が母を大事にしてやっている場面は、シルヴァも数えるほどしか見ていなかった。

臣下たちの噂では、母は他国の生まれで名の知れた侯爵家のひとり娘だった。すでに戦で名を上げていたフロイランへの輿入れは誰の目から見てもよい話に映ったが、気位の高い彼女は、『戦好きなど荒っぽいこと』と冷たくあしらっていたらしい。

幼いシルヴァから見ても、ふたりは合うところがなく、不仲だった。

窮屈な靴を履く日常は変わらなかったので、たまに、臣下だけを連れて外に出たときだけは人目を盗んでこっそり靴を脱いだりした。

乗馬のときは、専用のブーツを履いていたから楽だったが、主に城内にいるときは母の趣味で作らせた美しい繻子に繊細な刺繍を施した、小さな靴を履いていた。それを履いてさえいれば、母の機嫌はよかった。

見た目はよく、誰からも褒められた靴だが、耐えがたい苦痛をシルヴァに与えた。それでも、シルヴァは仕打ちに従った。

（お母様の選んだ靴が僕を守ってくれるんだから）

だが、人前に出る宴では、多くのひとびとに挨拶をして疲れた母に、ドレスの裾からこっそりとよく足を踏まれることがあった。

従順なシルヴァは、さぞかし母にとっていい八つ当たりの的だったのだろう。

『痛い』とでも言えば、あとでさらに、窮屈な靴を無理やり履かされて、彼女の気がすむまで室内を歩かされるといった折檻《せっかん》を受けそうだから、なんとか堪えた。

誰かに相談しようかと、何度も考えたことがある。

だが、父は戦に行っていて城にいないし、周りは大人ばかりだった。

一度だけ、『母様が苛める』と当時の家令に打ち明けた。

『誰も見ていないところで、母様、僕の足を踏むの』

勇気を振り絞ってそう言ったら、家令は大げさに顔を顰《しか》めた。

『まさか、そんなことをされる方ではありません』

そういえば、家令は母の親族でもあったひとだった。

近しいひとに悩みを打ち明けても信じてもらえない。それどころか、家令に打ち明けたことは母も知るところとなり、シルヴァはしばらくいつもより小さな靴を彼女の前で履いて何時間も歩かされるという折檻を受けた。

途中で涙を滲ませても、『もっと歩きなさい』とやめさせてもらえず、見ていられないといった風情の侍女が、母の大好きな、外国から取り寄せた貴重なお茶を淹れて気を逸らしてくれるまで、陰湿な苛めは続いた。

シルヴァは深く傷つき、自分の身に降りかかっている災いについては、もう誰にも話すことはしなくなった。

――真実を言っても疑われることがある。そのうえ、裏切られることもある。

幼心に刻み込まれた手痛い教訓だ。

母は、人前では、それはそれはにこやかに応対するのだから。そうして神経をすり減らし、シルヴァに当たって鬱憤を晴らすというやり方をする、歪んだ二面性の持ち主だった。

いま思えば、れっきとした虐待だと驚かれてもおかしくない話なのだが、その頃はよくわからなかったし、たったひとりの母だから、愛してもいた。

真っ当な愛情ではないと自分でもわかっていたが、愛してほしかったのだ。だが、母は流行病であっさりと亡くなってしまった。

シルヴァは小さな靴から解放され、窮屈さから解放された足は急速に成長し、ごく普通のサイズを履けるようになった。

国をあげての葬儀になったとき、シルヴァは気丈にも涙を見せなかった。

まだ幼いシルヴァが毅然としている姿に周囲は心を打たれていたようだが、内心、不思議な解放感があった。不謹慎だろうから、誰にも内緒にしていたが。

――もう、これ以上締め付けられずにすむんだ。

だが、シルヴァの中に、愛情というものはきつい靴で縛り付けるもの、というイメージが強烈に残った。

――そばに縛り付けておけば、誰にも奪われない。危ない目に遭わせずにすむ。

事実、生母の言うとおり小さい靴を履いていた間、シルヴァ自身は戦に巻き込まれることがなかったのだ。

むろん、大人になったいま、そんな世迷《よま》い言を信じているわけではない。

だが、クレアに小さい靴を履かせるのは、そうした過去の経験が深く関わっていることは否めない。

心の深い底に潜む鎖で、クレアの足首に枷をはめてしまいたい。

彼女が自分を信じて、窮屈な靴を履いている間は、どこへも逃げないでいてくれると安心していられる。

あとに嫁いできた義理の母は生母とはまったく違って、害のない、いいひとだ。父王も気立てのいい彼女を愛しているようで、一緒にいるときは穏やかな顔をしていることが多い。そのことは、シルヴァもよかったと思っている。戦の面でしか父王に必要とされていないことはやはり寂しいが、ぎすぎすしていた以前の王家と、いまとではまるで違う。

義理の母はシルヴァのことも可愛がってくれたが、九歳違いのステアが生まれたことで、彼女の愛情はステアに偏ってしまっている。

(仕方がない。ステアは思ったことを包み隠さずなんでも言う性格で、父も可愛がっている。だけど、戦のこととなると、僕を呼び立てる。生々しい局面で役立つのは僕だと知っているからだ。僕とて、二十五にもなって母の愛情が欲しいとは言わない)

親子四人で食事をしていても、話題の中心はいつも明るいステアで、シルヴァは行儀良い作法で黙々と皿の上のものを片付けるだけだ。

戦局が危うくなればなるほどシルヴァの才は閃きを見せ、父王にとってなくてはならない参謀なのだとわかっている。

生母の偏った愛情を失ってから、しばらく、シルヴァはぼんやりしていた。

そんなときに、あの姫に会ったのだ――シスルナのクレアに。

出会いは、二度果たしている。

一度目は、まだシスルナとフロイランに親交があった頃に宴が催され、シルヴァは初めて父王とシスルナに出向いた。そこでも、父王は親しい戦仲間の貴族と話し込んでしまい、せっかく連れてきたシルヴァのことも忘れてしまった。

――寂しくなんか、ない。

そう思い込んであたりを見回すと、幼い姫君が目に入った。愛くるしい笑顔を見せ、父王らしき人物としっかりと手を握り、安心した顔で寄り添っていた。

それがなんだかとても羨ましく思えた。自分とて父と来たのに、彼は他国の軍師と熱心に話し込んでいる。

寂しさを隠し込んでひとり、時をやり過ごそうとしたのだが、突然、姫が近づいてきて、声をかけてくれたことにはびっくりした。そして、甘いお菓子もくれた。

第一王子ながらも、他人から親切にされたことがあまりないシルヴァは、心から姫の行為を嬉しく思った。

――情けないところを見せただろうな。せっかく父に連れてきてもらっているなら、各国の情勢に詳しくなって、僕も話に加われるぐらいにならないと。

両親の愛情を一身に受けて育っているクレアを羨む半面、自分とてなにかできるはずだと考え、他国の情報を細かに調べるようになった。

もともと、素質はあったのだろう。

努力を重ね、率先して他国への宴にも顔を出して親交を広げ、気づけば、父王も目を瞠るほどの軍師になっていた。

二度目の出会いはやはり、シスルナの城でのことで、長旅の疲れが出てしまってテラスで休んでいたところ、クレアが気づいてくれた。どちらも、彼女は覚えていないだろうけれど、細やかな気配りができるクレアに、シルヴァはずっと昔から惹かれていた。

当時のことは、いまでも何度も夢に見る。

(それと、軽やかに踊る足にも惹かれている)

たぶん、次期国王になるのは自分だろう。ステアにも才はあるが、まだ若い。

それでも、シルヴァの心は渇いていた。

他国を攻め続け、領土を拡げていくだけの日々には正直なところうんざりしている。フロイラン一の智将と呼ばれるようになっても、さほど嬉しいと思わない。

——誰かひとりだけを手にし、自分の中に取り込んでしまうほどの勢いで愛したい。

その相手がクレアだということは、本人にも内緒だ。

彼女を城に招き入れてから三か月ほど経つが、周りにはシルヴァだけの特別な侍女ということにしてあり、事実、身の回りの世話は彼女だけに任せていた。

かつては王女だったとはいえ、世話好きで、綺麗好きのクレアはいつもシルヴァがいる場所を居心地いいものにしようと心がけてくれていた。

そのお返しに、というのではないが、始終シルヴァはクレアに触れ、くちびるを触れ合わせたり、抱き締めたりした。

事情を知らない者がもしふたりを見たら、初々しい恋人同士に見えたかもしれない。

シルヴァがクレアの身体を存分に貪ったのは、まだ一度しかない。

情交ばかりを求めたらさすがにクレアに嫌われてしまうだろうとわかっていたから、ひとまずは紳士の顔で、彼女のよきダンスパートナーとして正確なステップを踏んだ。

靴職人のアロイスから、特製のダンスシューズが仕上がってきたのは、注文した日から三日後のことだ。

シルヴァたっての注文とあって、急いでくれたのだろう。

手縫いの絹でできたダンスシューズはクレアの足に吸いつくような、素晴らしい仕上がりだった。

「とても履き心地がいいです。これならずっと踊っていたくなります」

生真面目なクレアが珍しく微笑み、レコードから流れるメロディに合わせて軽やかに踊る。

使用人としての仕事を務めながら、ダンスの特訓もあるのだから、一日を終えるとクレアは地下の自分の部屋で深い眠りにつく。

彼女のほっそりした手や腰を支え、ダンスを教えるシルヴァだが、日ごと彼女への愛情と欲望が高まり、とうとう昨晩はランプを持って彼女の寝床へ入り込んだ。

深夜のことだ。熟睡しているクレアは薄いナイトドレスを着て眠っていた。

意識があるときに触れるのも大好きだが、無抵抗の彼女を弄びたいという仄暗い想いもあった。

だからこの日は、寝る前のお茶を一緒にし、彼女の飲み物に睡眠剤を溶かし込んだのだ。効き目は抜群で、クレアは揺さぶっても目を覚まさなかった。

ランプの灯りを小さくし、枕元から離れた場所へ置いた。灯りを消したほうが無難だったのだが、それでは愛おしいクレアの表情や身体が見えない。

クレアは片手だけを布団から出していた。

「……よく眠っている」

可愛い寝顔を見ているうちにたまらなくなり、自分の夜着をくつろげて、とうに隆起していた肉棒を取り出し、ギシリと音を響かせてベッドで眠る彼女をまたいだ。

最初は、可愛らしい手に握らせるだけでもいいと思った。

「ん……」

夢かうつつか、大きくなる雄に指を絡みつけるクレアのくちびるがかすかに開くのを見て、頭の中が真っ白になった。

――もう、やめてやれない。

「クレア、……目を覚ましてもいいんだよ」

ナイトドレスを押し上げるふたつの胸のふくらみから目が離せない。思わず胸に触れてやわやわと揉み、手の中でふくらみが淫猥《いんわい》に熱くなっていくのを愉しんだ。

男の愛撫を誘うように、胸の尖りが硬くなる。どうしてもそれが舐めたくて、ナイトドレスの前を開き、ちゅぷ、と乳首を口に含んだ。すぐに口の中で乳首が硬くなり、こりこりと淫靡なしこりを愉しませてくれる。

「ん——ぁ……っ……」

みずから胸を突き出すようにするクレアの姿が悩ましい。

そっと彼女の頭を両手で抱き起こし、反動で開いたくちびるに昂ぶった雄を押し込んだ。

「……は……、っ……ぁ……」

悩ましげな声とともに、性器に舌が巻き付く。

眠っているクレアを犯す、というのはシルヴァの欲望のひとつだった。

本音を言うなら、下肢をあらわにして貫きたいのだが、たどたどしく舌が絡みついてくるこれもまたいい。

「クレア、……きみは、どんな夢を見ているんだろう？」

囁き、胸のふくらみを揉みながら腰を動かした。

「ん、……ン」

鼻にかかった声をあげるクレアもまた淫靡な夢を見ているのか。胸元にかすかに汗を滲ませ、口の中は熱い唾液でいっぱいになる。

しこった乳首を指で摘んでくりくりと揉み潰すと、「ん、ん」と掠れた声が上がる。軽く頭を撫んで揺さぶった。じゅぷ、ちゅぷ、と舐る音が室内に響いていやらしい。

「ああ、……いいよ、クレア……夢の中でも僕に抱かれていてほしいな」

「……っぅ……ん……」

くちゅ、ちゅく、ちゅぷ、と音を響かせる苦しげなクレアの口の中に、シルヴァは奥まで押し込む。

亀頭で口蓋をくすぐり、濃い先走りの味を覚えさせてやれば、いつか、意識のあるなかで同じことをさせたとき、クレアはもっと淫らになるかもしれない。

すると、クレアみずから、息を吸い込み、先端を吸ってきた。

「……ッ、……！」

彼女の無意識の行動で、シルヴァは一気に高まり、口の中へと熱く滾った欲望を注ぎ込んだ。

「は、……ぁ……っ……クレア……」

こくっ、と喉を鳴らすクレアが熱い飛沫を飲み込んだのを確認し、シルヴァは息を吐いた。

「よかったよ、……クレア、もっと、したい。――もっと、もっと、もっとしたいんだよ」

渇望を宿した声で囁いた。

乱れた髪を撫でつけてやり、毛布を剝いで犯してしまおうかと思ったが、やはり貫くときは意識あるクレアのほうがいい。未練がましく胸に触れたり、腿の内側に痕をつけたりしていたが、これ以上すると目を覚ましてしまうかもしれないと考え、手を引いた。

クレアの意識がはっきりしているときに、辱めたい。

(だから、もう少し我慢しよう。彼女に靴を履かせてから感じさせよう)

彼女の温かな身体を抱き締め、そのあとも三度、眠るクレアの手を借りてシルヴァは自慰に耽り、絶頂に達した。

自分が歪んでいることは承知している。

「……けれど、これが僕の愛だ」

とはいえ母の愛はさすがに過剰で、当時のシルヴァにすらつらい出来事だった。クレアを同じ目に遭わせようというつもりはないので、きつい枷をはめてしまいたいという願望はなんとかセーブしている。

日々、窮屈な靴で痛めつけている彼女の足に恭しく、くちづけた。

「……愛してる、クレア、愛してる……」

深い眠りの中にあるクレアに、その言葉は届かない。

＊＊　＊＊　＊＊

「ワン、ツー、スリー。そこでターンして、左足を前に、僕のほうに来てターンして……うん、上手だよ」

ダンスの練習用に、繻子の光沢が美しい膝下丈のドレスをシルヴァが誂えてくれた。

くるりと回るたびスカートがふわりと広がる高価なドレスにクレアはひどく恐縮したが、薔薇色の美しいドレスを着て五曲も踊る頃には頬を紅潮させてダンスを心から楽しめた。

「この調子なら、仮面舞踏会は僕たちが一番だ」

「はい」

「少し休もうか」

息を弾ませてクレアはソファに腰掛け、シルヴァから冷たいレモン水をもらった。

練習用のドレスも、本番で着るものと同じように襟ぐりを広くしてあるため、華奢な鎖骨が見えてしまっているが、汗ばむほど練習を積んだいま、あまり気にならない。シルヴァがじっと見つめていることにも気づかず、クレアは美しい喉を反らしてレモン水を飲んだ。

「ずいぶんダンスがうまくなったようだ。今夜、フロイランのとある伯爵邸で宴が開かれる。そこに、僕と一緒に行こう。本番前の手慣らしだ」

「わかりました」

一国の王子が伯爵邸を訪れたら相当の騒ぎになるのではないかと案じたが、ここもやはり仮面舞踏会で、立場を探られる恐れはなかった。

夜の伯爵邸は着飾った貴族で埋め尽くされていた。

仮面をつけたシルヴァには、多くの女性から憧れのような眼差しが送られていた。黒い羽根をあしらった仮面をつけたシルヴァの美貌を、彼女たちは鋭く見抜いているのだろう。一緒にいるクレアは、誇らしいような、落ち着かないような気持ちを味わったが、彼と踊り出したら、なにも気にならなくなってしまった。

今度は広間中の男性が軽やかに踊るクレアに熱い視線を送っていた。しかし、シルヴァがこれ見よがしに細腰に手を回していたので、誰もクレアに声をかけることはできなかったようだ。

「そうそう、上手だよ、クレア。僕とのレッスンが成果を生んでるみたいだね」

「シルヴァ様のリードがお上手なんです」

数曲踊り、気持ちよく胸が弾んだところで、シルヴァが「飲み物でも取ってくるよ」とその場を一旦離れた。

クレアは壁沿いに移動し、近くのソファに腰掛けた。

そのとき、ふと、違和感を覚えた。

誰かが、見ている。

見つめている、というのとは少し違う。注意深く、探っているような視線だ。

以前のクレアだったら、誰かの視線を怖がることはしなかったが、戦が終わったあと、荒れた町を歩いたときから少し考え方が変わった。

一時は、なんとしてでも、この身は自分で守らなければいけないというところまで追い込まれたのだ。

視線は強く、なかば執着的にクレアを追い回している。

できることなら仮面をはずして部屋中を見渡し、視線の送り主を探したかったが、無理だ。フロイランの伯爵家に、シスルナの元王女がいると誰かが知ったら騒ぎになってしまう。

そっと慎重にあたりを見回したが、これという人物は見当たらない。クレアが危険を察したことを知り、もう姿を消したのだろうか。

だが、執拗な感じはいつまでもつきまとっていた。

「クレア、どうしたの？　ほら、きみの好きな炭酸水を持ってきたよ」

シルヴァが透明な液体で満たしたグラスを差し出していた。

「ありがとうございます。……誰かが、わたしを見ていた気がして」

「それは当然だろう。今夜、いちばん美しい女性はきみなのだから」

「シルヴァ様ったら」

彼の軽口に笑ってしまったが、さすがは元王女である気品と、シルヴァに寄り添う日々の中で生まれた健気さは隠しきれないのだろう。

薄いベージュの紗《しゃ》で女性らしい身体に沿うようデザインされたドレスは男性ばかりか女性の目も惹き、「どちらで仕立てられたの？」と仮面をつけた見知らぬ婦人に声をかけられることもあった。

「こんなことをしていると、……わたしが奴隷だということを忘れてしまいそうです。シルヴァ様、あなたは優しすぎます」

「そうかな？」

シルヴァの瞳がきらりと輝く。その危うい輝きに、クレアはハッとなった。シルヴァがそうした目つきを見せたときは、きまって淫靡な罠が待っているからだ。

「帰ろうか、今夜は十分踊ったし」

まだまだ宴は続きそうだったが、なにかを企んでいるらしいシルヴァに手を引かれ、クレアは馬車に乗って城へと戻った。

帰途につく間、ふたりは言葉を交わさなかった。だが、熱っぽい空気がふたりを結びつけていて、クレアはシルヴァのそばを離れることができなかった。

＊＊　＊＊　＊＊

城に戻ったとたん、シルヴァはクレアに再び練習用のドレスに着替えるよう命じた。もちろん、靴も。

もう遅い時間だが、シルヴァの昂ぶりはおさまらない。

「ステップを忘れないうちに、もう一度練習しておかないとね」

「そう、……ですね」

クレアは困惑していたが、一度部屋に下がり、練習用のドレスと、バレエシューズを履いて戻ってきた。

そのしなやかな身体を見ると抑えきれずに、興奮してしまう。

(指でなぞりたい。たっぷり舐めて嚙みつきたい。ああでも、もっと触りたいのは)

シルヴァの目が吸い寄せられるのは、すんなりした両足だ。

わざわざ練習用のドレスを踝丈ではなく、膝下丈にしたのは、クレアの綺麗な両足が見たかったからだ。

それだけではない。絹の靴下を穿かせるのもいいが、素足にバレエシューズを履いてもらい、長いリボンを足首、ふくらはぎ、そして膝の裏あたりまで交差させながら巻きつけているところが見たかったのだ。

彼女が競りにかけられると知ったとき、――生きていてくれたのかと心からほっとするかたわら、私財をなげうってでも彼女を手に入れると決めていた。

(昔から――ずっと昔から、僕はきみだけを見ていた。きみだけが欲しかった)

シルヴァにきつめの靴を履かされ、つらそうな顔をしながらも毅然と歩くクレアがことのほか好きだった。

いまも、そうだ。伯爵家で踊ったのと同じ曲をレコードでかけ、何度か踊った。どうもクレアはこの曲のとある小節が苦手らしく、ステップを踏み間違えてしまうことがある。

「ゆっくり呼吸して……僕に合わせればいい」

「……はい」

鼓動が伝わるほどに身体を重ね、恥ずかしがるクレアをリードして踊った。彼女の胸のふくらみ、弾力が伝わってきて、たまらない。

いくら履きやすい靴とはいえ、立て続けに何曲も踊ったのでは足が疲れてしまう。ふたり以外誰もいない広間のソファに腰掛け、レモン水を飲んでいる彼女の可愛らしい丸い膝小僧と、すらりと伸びた両足を見つめているだけで、胸が熱くなる。

シルヴァはレコードから針を下ろし、彼女の足元に傅《かしず》いた。

「シルヴァ様？」

「リボンが窮屈なようだね。解いてあげるから、じっとしていて」

「……っ……」

膝裏の少し下で蝶結びになっているリボンにシルヴァの指がかかることで、クレアは眉をひそめるが、頬の赤らみは隠せない。

足に執着されていることを、きっと彼女も知っているのだろう。

両膝をきちんと合わせ、緊張した面持ちでシルヴァのすることを見つめている。

まずは右足のリボンを慎重に解いた。

リボンの痕が白い肌にうっすら残っていた。その痕にすうっと指をなぞらせると、クレアがぎゅっと瞼を閉じて肩を震わせる。些細な感触すら、いまの彼女には酷なのだろう。

（官能を覚えたてのきみだから）

踝まで解き、踵を緩めてやった。目的は、左足だ。

「クレア、きみは左足に重心をかけて踊る癖がある。だから今日も――」

「……シルヴァ様！」

左足に巻き付くリボンを引っ張ると、案の定、食い込んだ痕が赤くなっている。むろん、これを履かせたときに少し強めに結んでいたせいだ。

白い素肌を交差する淫靡な赤い痕に、つかの間見とれた。指に吸いつくような、瑞々しい肌だ。

「……あ……！」

「どんな靴もきみを痛めつけてしまうようだね。僕はもっと気をつけなくては」

両手で踵を捧げ持ち、シルヴァは恭しくその甲にくちづけた。

可愛らしい膝頭はもちろん、心地好いふくらはぎ、締まった腨にも赤い痕がついていて、そのすべてにちろりと舌先を這わせた。たまに我慢できず、柔らかなふくらはぎに歯を立ててしまった。

こんなにも魅力的な足を放っておけるものか。官能的なカーブを描くふくらはぎを熱心に舌で辿ってしまうほど、虜にさせられている。

「んっ……ぅ……ふ……っ……」

声を出すまいと拳を握り締めているクレアがいじらしい。

もっと苛めたくなって、唾液を肌に擦り付けながらクレアのドレスをまくり上げ、両足の奥に顔を埋めた。

「待っ、……いや、……だめ、です、シルヴァ様……っ」

ドレスの下のドロワーズは絹でできている。ドレスに線が響かないようにとシルヴァは配慮したのだが、もうひとつ、別の効果も生んだようだ。

「クレア、たっぷりと溢れ出た愛蜜が下着に濃い染みを作ってしまっているよ。きみはとても感じやすいたちなんだね」

「ちが、……っ……」

「淫乱で、とても素敵だ。僕はそんなきみが好きなんだよ」

「好き……だなんて、そんな戯れをおっしゃらないで、ください、……わたしは奴隷なのに……」

口では気丈にそう言うが、シルヴァが繊細な下着の上から舌をあてがい、秘所の形に沿って舐め回してやると、さしものクレアもせつなげな喘ぎを漏らす。

クレアのここは普段とても狭くて、到底男のものを受け入れられるとは思えないほどに窮屈だ。

だが、指や口で愛撫してやると、だんだんと柔らかくなり、しまいにはシルヴァを欲しがってひくつき出す。その様が、生真面目なクレアとは裏腹に淫らすぎてシルヴァを煽るのだ。

もっと、もっと辱めて、請わせたい。跪かせて咥え込ませ、犯したい。

(時間はたっぷりある。じっくり可愛がってあげたい)

「ん……あぁ……や……ぁ……っ……そんなに、舐めた、ら……」

ドロワーズがぐっしょり濡れて役立たずになったのを機に引き剝がし、熱く濡れる秘部を直接ぺろりと舐め上げた。

「ん、ッ……！」

「……もう、蕾が可愛くふくらんでいる。クレアのここは感じすぎると真っ赤にふくらんで、弄ってほしいと僕に訴えるんだよ。指で弄ってほしい？　それとも、舐めてほしい？　ああ、男を誘う、いい匂いの蜜だ」

「……ぁ……ん……シルヴァ様……」

どちらとも答えられないクレアの肉襞を何度も舌でなぞり、蜜壺にも舌を挿し込んでぐるりとねじ回した。それが、クレアに強烈な快感を与えたようだ。全身で息をし、愛蜜が絶え間なくとろとろと溢れ出してくる。

「ッぁ……ア——う……シルヴァ様の、舌、中に挿って、きちゃ、う……」

「ほら、言わないと、いくのはお預けにしてしまうよ。もっとここをいっぱい啜ってほしい？　……淫らだね、クレア。きみはいやらしい言葉を言われると、とても感じてしまうみたいだ」

「そ、んな、……いじわる……いです、……」

濡れきった蕾を指で掠めながらシルヴァは指を蜜壷へと挿入した。とたんに、熱くうねる肉襞がねっとりと絡みついてきて、暴走しそうだ。

ほんとうなら己をねじ込んで息が止まるぐらいに犯して狂わせたいけれど、自分の中に棲む獣を飼い慣らすと決めたのだ。

ただでさえ、クレアの足に執着し、日々触れているのだから、これ以上のことは抑えていかなければ。

クレアを必要以上に怖がらせたくないと思うのと同時に、己の獣性をどこまでも抑えつけて、ついに弾けたとき、どれほどの力と欲望を見せてクレアを喰らうのか、自分でも知りたいという心もあった。

クレアを焦らしたいと思う心もある。深く交わるやり方は、いまもきっと彼女の記憶に鮮やかだろう。

たったいまこのときだって、恥ずかしがりながらも、どうして最後までしないのかと不思議に思っているはずだ。

だけど、慎み深い彼女は淫らなことは口にできない。そのぶん、想いは熱い蜜となって零れている。それこそ、クレアがシルヴァを欲している証拠だ。

「やめてしまっていいの、クレア？　もう終わりにしたいのかい？」

「……あ、……ぅ……、……シルヴァ、様、……めて、……」

涙ぐんだクレアが身体をよじらせながら訴えてくる。

「……舐めて、ください……」

「いい子だね。いっぱい舐めてあげるよ」

「ん、ん、シルヴァ様……あ……！」

「いいよ、クレア。もっと喘いでごらん」

「ん、ぁ……あぁっ……」

「好きだ、……たまらなくきみが好きだ……クレア、愛してる」

お預けにしていた蕾を爪弾《つまび》き、舌先でこねくり回しながら蜜壺に挿し込んだ指でぐちゅぐちゅと抉った。

こうすればするほどクレアは挿入を欲し、いずれ自分で慰めるしかないところまで追い詰められるに違いない。

「あっ、あっ、……だめ、だめ……っ……！　いっちゃう……！」

肉芽にちゅっと吸いつき、舌でせり上げたとたん、クレアが絶頂に押し上げられる。まともに息もできないらしい。

「ああ、……ぁ……は……ぁ……っん……」

「まだまだ溢れてくる。……僕の可愛いクレア、また下着を汚してしまったね」

そう言いながらもシルヴァはまだクレアの秘所を執拗にぺろぺろと舐っていった。濃くて、美味しくて、癖になる蜜だ。

蜜壺が圧迫感を欲しがってきゅうっとシルヴァの指を締め付けてくる。その指すら、気持ちいい。

「挿れてあげたいな……クレアをたっぷり犯したい。きみが泣いてしまうほどに」

囁くと、クレアの身体が小刻みに震える。

ここで彼女の中に挿り、思いきり揺さぶってやればどんなに気持ちいいだろう。

彼女のふくよかな乳房を鷲摑みにして、邪魔なドレスを破き、四つん這いにして獣のように交わるのもいい。

もしくは、彼女の口の中に挿り、果てるのもいい。

さまざまな妄想を思い描きながら、惜しむようにクレアのそこを綺麗に舐ってドレスを下ろした。

濡れたドロワーズを手の中で丸めていると、「あの」と声がかかった。

「下着……返していただけませんか？　せっかくの絹ですから、洗いたいのです。……汚れてしまいましたし……」

「だめだよ。これは返さない」

「どうしてですか」

かっと頬を赤らめたクレアに、シルヴァは丸めた下着をポケットに放り込んだ。

「穿かずにいたほうがいい。そのほうがきみの身体は敏感になって、さっき覚えたステップをより正確に記憶できるだろうからね」

「……な……っ」

「僕を変わってると言いたい？　いいんだよ、そのとおりだから。僕はね、クレア。きみをさまざまなやり方で辱め、虐げたい。窮屈な靴を履かせて痛めつけるのも、そう。きみには散々触るけど、中に押し挿らないのも理由がある」

「どんな、理由ですか」

下着を穿いていない下肢を隠すかのように、クレアはドレスのスカート部分を手で押さえつけている。

「——ほんとうは、きみを犯したくてたまらない。僕はきみを愛しすぎているからね。毎日そのことばかり考えている。でも、本能の赴くまま抱いてしまったら、きっときみは壊れてしまうから。これでも我慢しているんだよ」

「……そう、なのですか」

クレアの困り顔は何度見ても可愛い。

「小さめの靴を履かせて痛がるきみをずっと見たいと思っていた。昔から、ずっと……、きみだけをね」

「昔から？」

彼女への想いが募るあまり、うっかり口にしてしまった言葉に、クレアが首を傾げる。

内心、しまったと思いながらもシルヴァは笑顔を取り繕った。情けなかった頃の自分を、いまの彼女に思い出させたくない。

「お喋りはここまで。今日のレッスンは終わりだ。部屋に戻っていいよ」

一方的に会話を打ち切り、シルヴァから先に広間を出た。

あとに残されたクレアが、途方に暮れた顔をしていると知っていて。

第七章

仮面舞踏会の夜、ヴァルハーサの城には次々に貴族を乗せた馬車が着いた。

「仮面はつけたかい？」

「うまく、紐が結べなくて」

二頭立ての馬車の中で、仮面と悪戦苦闘していると、隣に座るシルヴァが苦笑しながら、「結んであげるよ」と手を伸ばしてきた。

黒の繻子で作られた仮面は、贅を尽くしたものだった。ダイヤモンドを目尻にあしらい、美しい羽根飾りもついている。

「黒のドレスとよく似合っている。みんなの視線を奪うことは間違いない」

先に馬車を降りたシルヴァに向かって、クレアは手袋をはめた手を差し出した。

恐ろしく踵の高い赤い靴がドレスの裾からちらりと見える。

今日まで何度か履いているからそう簡単に靴擦れしないと思うのだが、ダンスを踊っている最中に足を捻らないよう注意しなければ。

(うまく踊れるといいのだけれど……)

シルヴァのつけている香りが鼻腔をくすぐり、胸が騒いでしまう。

ダンスの練習をしているときもなにかと触れられたからか、シルヴァを意識してしまうのだ。

遠ざかりたいと思うのに、近くにいないと落ち着かない。

(どうして、そんなふうに思うんだろう)

ここのところ、シルヴァを見るときの視線がどうしても熱っぽくなってしまう。

夢の中でもなぜか彼に抱かれており、嬌声をあげてしまっている自分に恥ずかしさを覚えた。

気まぐれでしか触ってこないシルヴァに、もっと触れてほしいと願っているのだろうか。

(そんなはずはない。だって、シルヴァ様にとってわたしはいまでも奴隷なのだし。そんな方に想いを寄せるなんて)

身体から始まった関係に気持ちが引きずられてしまっているなんて、自分が愚かすぎて、とてもではないが誰にも言えない。

元王女だった頃のことを考えると、やはり胸が痛む。戦という大きな流れに逆らえなかったとしても、シルヴァに惹かれ、身体を許してしまう己が不甲斐なく思えて仕方ない。

だが、いまはともかく、シルヴァのパートナーとして上手に踊らなければ。

爪先に意識を集中させていると、髪を複雑に結い上げて剝き出しになったうなじに、シルヴァがそっとくちづけてくる。

「綺麗なうなじだ」

「……っ……ぁ……」

人目を盗んだくちづけに、ひくんと身体を震わせた。

「無防備だよ、クレア。もう少し用心しないと、僕みたいな悪い男に喰われてしまう」

「わたしにこんなことをしたがるのは、あなた以外にいらっしゃいません」

熱いくちびるを押し当てられたのは一度だけなのに、そこが疼いてしまうのは気のせいだろうか。

「……痕、つけたりしてませんか？」

「してないよ。でも、咬み痕はあるかも」

「シルヴァ様！」

「嘘だよ。ちょっとからかっただけだよ」

言い合ったことで、敵陣に乗り込むという硬い気持ちが少しだけ解れた。

きっと、クレアの心の強張りをシルヴァはよくわかっていて、気分転換をしてくれたのだろう。それが扇情的な方法だというのは少し困るが。

シルヴァにエスコートされながら、煌びやかな城へと入っていった。

戦が終わったいまでも、——この国にシスルナは占領されたんだ、と考えると胸が乱れる。

「……あそこを見てごらん、クレア。壁の一部が壊れかかっている。修繕が間に合わないようだね」

言われたとおり顔を上げると、たくさんのひとが集う大広間の壁の一部が崩れかかっていた。

慌てて修繕したのだろうが、急ぎ仕事であることはクレアの目にもわかった。

「この国も戦による貧しさを受け止めている——そういうことだね」

「はい」

敵国を憎む気持ちはあれど、同情だけはすまいと思っていた。いまのいままで。

だが、崩れかかった城で舞踏会を開くヴァルハーサにも、なにがしかの考えはあるのだろう。

「戦のせいで国庫が苦しくなっているという噂はほんとうなんだろう。それに、ヴァルハーサは強国として名を知らしめたけれど、手段を選ばなかった戦い方を苦々しく思って、つき合いを遠ざけたいと考えている貴族も内外にいると聞く。……今夜の仮面舞踏会は、そうした疑惑を払拭して、今後の国交を正常化したいために開かれたのかもしれないね」

「シルヴァ様……」

艶のある燕尾服、そして黒い羽根飾りと宝石をあしらったマスクを身につけたことで、凛々しさを増したシルヴァの横顔をクレアは見つめた。

普段はにこやかに笑う目元がマスクで少し隠れていることで、彼の美貌がより鋭くなっている。

あちこちから、マスクをつけた女性たちの熱い視線を浴びているシルヴァだが、周囲の美しい姫君たちにはまるで目もくれず、銀のトレイを掲げた使用人から飲み物をもらい、クレアにも差し出してくれる。

（彼はわたしを奴隷として買ったはずなのに。この扱いはまるで姫のようで、勘違いしてしまいそう）

それに、シルヴァと一緒にいると、考え方が変わる気がする。

いままではヴァルハーサを憎む一方だったが、この国も相応の犠牲を払ったのだろう。

戦は誰にも等しく傷を負わせるのだ。

憎しみをまるっきりなくすというのは難しいが、生かされた日々を大切にしたい。そう思う。

「勝っても、負けても、戦はわたしたちに苦いものをもたらす――そんな気がしてなりません」

「そうだね。……きみの言葉を、僕の父に聞かせたいね」

「フロイランの国王にですか？」

「きみが聞いてもつまらない話だよ」

「そんなことありません。お話しください」

食い下がったのは、シルヴァの顔に憂《うれ》いが浮かんでいるのを見て取ったからだ。

彼のそばで、もっといろんなことを考えたい。学びたい。一緒にいろんなことを話し合ってみたい。そんなふうに思ったのは、今夜が初めてだ。

奉仕活動をするシルヴァ、軍師としての才があるシルヴァ、そして、ダンスも上手でキスも優しいシルヴァが恋をするとしたら、どんなひとなのだろう。

そのことを考えて、ずきりと胸が痛む。

(シルヴァ様ほどの方なら、お似合いの姫はたくさんいるはず。今夜こうして、私と踊ってくれるのは、フロイランとヴァルハーサの親交のためで、深い意味はない)

それでも、彼のパートナーであることは素直に嬉しい。シルヴァに恥をかかせないように、上手に踊らなければ。

「……踊りながら、話そうか」

苦く笑うシルヴァに手を取られて、クレアは一歩踏み出した。

楽団員たちが、ロマンティックな曲を奏でる中、クレアはシルヴァの腕の中で緊張しながらも正確なステップを踏んだ。

「その靴は、踊りやすい？」

「はい、何度か馴らしましたし」

「それはよかった。クレア、きみはダンスの名手だね。黒のレースをあしらったドレスのきみにみんな釘付けだ」

「それは……シルヴァ様が誂えてくださったドレスですから」

美しい調べに身をゆだねながらも、クレアはマスク越しにシルヴァを見つめた。

「シルヴァ様、さっきのお話の続きは？」

「なかなか手強いね、きみは。僕が話をそらそうとしていることに気づかないの？」

いたずらっぽく笑い、シルヴァは優雅に踊りながらため息をつく。

「僕は、フロイランの軍師としてそれなりの働きをしている。戦好きの父の血を引いているようで、今回の戦いでも何度か率先して軍を率いた」

「はい、聞いたことがあります。敵の作戦を先読みして裏をつくのがお得意で『智将』と名高いと……亡くなった父が話していたことがありました」

クレアがそう言えば、仮面の向こうでシルヴァが苦笑いした。

「戦に強い僕を、父は誇りに思っているだろう。でもね、……虚しいことに、それだけなんだ」

「どういう、ことですか？」

音楽がゆったりしたものに変わり、クレアは逞しい胸に引き寄せられた。赤い靴の踵がずいぶん高いが、それでも長身のシルヴァを見上げる格好だ。

シルヴァが誂えてくれたドレスは、黒のレースを贅沢に使ったものだ。両肩を剝き出しにして、華奢な鎖骨や背中のラインが美しく映えるデザインのドレスをまとったクレアに、シルヴァの言ったとおり、男性たちの視線が集中する。

だが、クレアが見つめているのはシルヴァだけだ。

「僕には、義弟のステアがいる。九歳下のステアは、よくも悪くも血の気が多い。馬と狩りが大好きで、父も義母も屈託ないステアをとても可愛がっているんだ。――それとはべつに、僕は役に立つ存在だ。未来のフロイランにとってても欠かせないだろうが、近しいひとの愛すら受けられない。こんなににこやかにしているのに、おかしなことだよね。……根っから素直なステアとは、違うということかな……」

冗談めかしてうつむき、笑うシルヴァには憂愁が仄かに漂う。そんな彼を放っておくことができず、クレアは、つい指を伸ばし、シルヴァの耳元で撥ねている髪をそっと撫でつけた。

シルヴァが、寂しそうに見えたのだ。だから、彼に触れたかった。

突然の優しい仕草にシルヴァは目を瞠り、クレアもまた、自分の行いに驚き、ぱっと手を離した。

「……あ」

いつか、——ずっと昔に、こんなふうに誰かの髪を撫でたことはなかっただろうか。

「シルヴァ様、わたし……」

無意識にシルヴァに顔を近づけた。

夢でも、何度か見た気がする。とある宴でシルヴァと出会い、父とはぐれて、ひとり寂しそうにしていた彼に甘いお菓子を渡したことがある。

あれはほんとうにあった出来事なのだろうか。それとも、シルヴァを恋しく思うあまり、心が作り上げた幻なのだろうか。

恋しく、と考えてクレアは頬を熱くさせた。

いけない。これ以上シルヴァのそばにいたら、なにもかも忘れて彼にゆだねてしまいたくなってしまう。

「待って、クレア。なにを言いかけたの？」

「いえ、……その、わたしの思い違いです」

すかさずシルヴァが指を摑んでくるが、人目を引くのが怖い。クレアは、彼を苛立たせないように、そっと手を引き抜いた。

「申し訳ありません、――ただ、あなたの髪が撥ねていたのが気になっただけで……。わたし、外で涼んできます。ここはとても暑いから」

「それなら、僕も」

行くよ、と言いかけたシルヴァを誰かが引き留めた。

マスクをつけている舞踏会で名を呼ぶのはタブーだが、やはり、彼ほどの人物になるとシルヴァそのひととわかる者もいるのだろう。

「ここで会えるとは。少し、話したいんだが、いいかね？」

シルヴァよりずっと年上の男性に、クレアはそっと後ずさった。

シルヴァも男性に心当たりがあるらしい。離れようとするクレアの手首を一瞬きつく摑んで囁いてきた。

「気をつけて、クレア。きみに声をかけたがっている男が多いんだ。涼んだら、すぐに僕のところへ戻ってくるんだよ」

「わかりました」

「――愛しいクレア、またあとでね」

マスク越しに煌めく瞳に射貫かれた。

唐突に「愛しい」と言われると胸が騒ぐ。身体を重ねているときにも何度か聞いたが、いまみたいになんでもないときに聞くとほんとうにそう思われているのではないかと鼓動が逸ってしまう。

「はい、……また、のちほど」

鼓動が駆けている。

からからうのはやめてほしいと思っていたが、何度も言われ続けるうちに、胸が甘く満たされる自分がいることに気づいていた。

もっと愛の言葉で満たされたいと願ってしまう己の愚かさに、挫《くじ》けてしまいそうだ。

(シルヴァ様は、言葉でもわたしを翻弄する。わたしは、彼の奴隷なのに——本気になったら、きっとつらいだけなのに)

シルヴァと男性に会釈をし、クレアは使用人に預けていたショールを受け取り、バルコニーへと向かった。

＊＊　＊＊　＊＊

音楽が遠ざかる場所で、クレアはほっと息を吐いた。

指先に、まだシルヴァの髪の感触が残っている気がする。

どうしてあんなことをしてしまったのだろう。

指先が、熱い。もし、誰の目も気にしないでいられたら、もっとシルヴァの髪を撫でていたかった。

髪を撫でたあと、シルヴァに摑まれた指先を無意識にくちびるにあてた。

思い描くのは、シルヴァのことばかりだ。

(夢で見たのは——ほんとうのことだったのかもしれない。わたしが忘れていただけで、ずっと昔にあった出来事だったのかもしれない)

祖国を失い、奴隷として彼に買い上げられたのに、一度もひどいことをされたことがない。確かに純潔を奪われたが、シルヴァだったから許した、と思うのは嘘ではない。

(もしも、シルヴァ様じゃなかったらわたしはこの身がどうなろうとも、もっと抵抗していたはず。シルヴァ様に心を許してしまうのはなぜ？　身体をゆだねている間、もっとなにかしてほしいと思ってしまうのは、わたしが浅ましいから？)

クレアは落ち着きなく、扇を開いたり閉じたりした。

それこそが、恋い焦がれる相手を思って揺れている証拠なのだと、本人はまだ気づいていない。

（他のひとには、あんなことを絶対にされたくない。にこやかにされているけれど、シルヴァ様はとても寂しい闇を抱えていらっしゃる。その闇に惹かれるのは、危険なのに――好きになっては、いけないひとなのに）

扇子で口元を隠し、うつむいたときだった。

「……クレア？」

シルヴァではない男性に呼びかけられ、扇を閉じて振り向いた。

大柄で逞しい肢体の男性が背後に立っていた。

気性の荒さが銀色のマスクをつけていても滲み出ている。褐色の髪に高い鼻梁、がっしりした顎のラインに、思わずくちびるがわななく。

つい先日、フロイランの伯爵家で感じた視線と同じものだ。今度は、すぐそばに来ているから、相手が誰なのか、わかった。

「カイ、様……？」

「ああ、やはりクレアだ。こんなところで会えるとは思っていなかった。ずっと捜していたんだ」

久しく会っていなかった、北の国、エルライの王子が懐かしそうに目を輝かせている。

両親が生きていた頃はしょっちゅうクレアの城を訪れ、『俺の妃になってくれ』と言っていた。

「先日のフロイランの伯爵家で開かれた際にも、きみを見かけたが、やはり仮面をつけていたから、声をかけようかどうしようか、迷ったんだ」

「そうだったのですか」

どこまでも追ってきた視線を思い出し、身体が小さく震えるが、目の前のカイは人好きしそうな笑みを浮かべている。

エルライは国の規模こそ小さいが、軍事力に長けている。カイも戦好きのエルライの人間らしく、かっとなりやすい。

ただ短気なだけなら仕方ないと思えたが、一度これと狙った獲物は執拗に追い詰め、残虐な方法で仕留めたあと、剝製《はくせい》にして自慢げに飾る彼が怖かった。

『俺の手に入らないものはない』

かつて、そんなふうに言っていたこともある。

欲しいと思ったらなにがなんでも手に入れないと気がすまないのだろう。その根深い執着さと、手段を選ばない性格が、クレアは苦手だった。

バルコニーにふたりきりということもあって、マスクを外したカイが親しみのある笑顔を向けてくる。

「いままでどこにいたんだ？　城が落ちてからおまえをずっと捜していたが、手がかりが摑めなかった。今日、ここに来たということはどこかの貴族の家に身を寄せているのか？」

矢継ぎ早に問いかけてくるカイに、なにから答えようかと思いあぐねているときだった。

カイが気遣わしげに眉根を寄せる。

彼のそんな表情を見るのは初めてだ。

「いろいろ聞いてすまない。ずっと心配していたんだ。……ご両親は気の毒なことをした。いい臣下にも恵まれていたのに。クレアもつらかっただろう」

「ありがとう、カイ……。天国の両親が聞いていたら、あなたの優しい言葉にきっと喜びます」

戸惑いながらも、礼を言った。

クレアの知っているカイは、気短《きみじか》で、粗暴な男だったはずだ。

なのに、いま目の前にいるカイは紳士然としており、声も穏やかで、陰湿なところなど微塵も感じられない。

クレアを案じていた気持ちが本物だったと思わせるような声に、――このひとも、戦があったことで考えが変わったのだろうかと惑ってしまう。

彼が住むエルライはこのたびの戦いには参戦していなかったが、ヴァルハーサ、フロイラン、そしてクレアの国シスルナの情勢は、カイの耳にすべて入っていたのだろう。

「そこのベンチにでも座らないか？　話をしよう」

「はい」

真冬だが、暖かい夜だった。

それでも、クレアの薄いショールを羽織った肩を見て、カイはジャケットを脱いでかけてくれた。

そんなところも、以前のカイとはまるで違う。

小動物だけではなく、熊や狼といった大きな獣も殺し、剝製に仕立て上げることが楽しいと言って憚《はばか》らなかったカイ。彼の心に起きた変化を聞いてみたくて、「あの」とクレアは訊ねた。

「カイの国は——国王様も、皇后様もお元気ですか？」

「ああ、元気すぎて困るぐらいだ。今回の戦にエルライは加勢しなかったが、シスルナがヴァルハーサの手に落ちたと聞いたときは胃がねじれるぐらいの怒りに襲われたものだ。俺が戦に出てさえいれば、シスルナの民はいまでも元気でいられたはずなのに……」

うつむくカイと隣り合って座っていたクレアは、彼の言葉を嚙み締めていた。

「シスルナはヴァルハーサに占領されてしまいましたが、いつか、……いつか、かならずわたしが取り戻してみせます。シスルナ王家のただひとりの生き残りですから」

「変わったな、クレア。以前の可憐でか弱かったおまえとは違う。もちろん、いまも可憐だが、見違えるほど美しく、強くなった」

「カイ、あなたも変わりましたね」

「……ああ。四年にわたる戦がようやく終わって、ヴァルハーサに来てみたら、戦勝国であるここも疲れきっていたことを知って、戦い合うことの虚しさを感じた。我が領土を守ること、そして拡げていくことは王家として当然のことだが、そのために平民の暮らしを不安にさせるのはやはりよくない。いま、あるものだけで満足するということを、ひとは知る必要があるのかもしれないな」

「立派な考えだと思います。カイ、あなたはきっといい国王になります」

「そうか？　いまでも暇さえあれば野山を駆けまわっていて、臣たちを困らせているがな。そういうクレアはいまはどこにいるんだ？」

「……その、……」

言うか言うまいか迷ったが、嘘をつくのはよくない。

それに、黙っていても、フロイランにいることは遅かれ早かれカイの耳にも届くだろう。

「ご縁があって……フロイランにいます」

「フロイラン？　ひょっとして、シルヴァ王子のそばにいつもいる女性というのは、おまえのことだったのか？」

「あ、あの、……はい、ただ彼の身の回りのお世話をしているだけですが」

奴隷としてシルヴァに買われたということだけは伏せておきたい。頭に血が上りやすいカイが知ったら、どうなるかわかったものではない。

「なるほど……シルヴァ王子のそばに……。いや、少し前から、噂になっていたんだ。大の遊び好きで女たらしで有名なシルヴァ王子がここのところ、ひとりの女だけを相手にしているってな」

「シルヴァ様が、……女たらし？」

「知らなかったのか？　まあ、クレアは噂話を好まなかったからな。シルヴァ王子の手癖の悪さは昔から有名だ。年齢問わず、生娘か人妻かも問わず、気に入ればどんな女でも抱いていたと聞く。クレア、おまえは大丈夫なのか？　嫌な目に遭わされていないか？」

「……いいえ、わたしは……大丈夫です」

思いがけない話に青ざめたが、夜の帳《とばり》がうまいこと隠してくれた。

いま聞いたばかりの話に、動揺してしまう。

女性の扱いが上手だとは思っていたが、遊び好きだったのはほんとうなのだろうか。

「単なる女好きなら、まあいいさ。だが、シルヴァ王子はたちが悪い。相手の女が本気になるまで追い詰めて、いざとなったらあっさり捨てる。次々に女を取り替えるのは、女が自分に夢中になったらつまらないからだと聞く。不誠実なあいつにとって、しょせん恋愛などはゲームなんだ」

カイの言葉にクレアの胸が軋《きし》む。

違う、と言いたかった。シルヴァを信じたかった。

出会って三か月と少しだが、彼の一番近くで、その芯の強さも、寛容さも、賢さも、悪戯好きなところも、そして寂しさも持ち合わせているシルヴァをずっと見てきた。

けれど、一度しか抱いてくれなかったことを考えると、焦らしに焦らしてシルヴァを欲しがる様を内心嘲笑っているのではないかと不安になってしまう。

（わたしの浅ましさを、シルヴァ様は見抜いているのかもしれない。あのひとが好きで好きで、もう一度だけでもいいから抱いてほしいと思っているわたしの弱さを、シルヴァ様は笑っているのだろうか）

カイの言葉で、自分の内なる気持ちにようやく気づいた。

シルヴァが、好きなのだと。

どうしようもなく、惹かれている。

さっき、シルヴァの髪に触れたとき、自分の中の熱い想いに気づいてしまった。勝手気ままに触れてくるシルヴァだが、自分だって、彼に触れたいのだ。

いつからか、強く惹かれ、どんな立場だろうと彼のそばにいて、彼の役に立ちたいと思うようになっていた。

シルヴァにはまだまだ秘密が多くある。あまり語りたがらない過去のことや、靴に執着するわけなど、知りたいことがたくさんある。

もしもシルヴァが許してくれるなら、朝まで一緒にいて何時間だって話をしていたい。

(——これが、恋というもの？)

ふわりと頬が熱くなるのを感じて、思わず両手で押さえた。

「クレア？　どうした」

「あ、……いいえ、なんでもありません」

あたりが暗くてよかった。赤らめた頬を、カイに見られずにすむ。

とはいえ、クレアは、あくでも奴隷という立場だ。シルヴァの世話はできても、それ以上の立場には決してなれないだろう。

シルヴァはクレアに「愛している」と何度も囁いてくれた。その真意を知りたい。

(——愛しているだなんて、わたしを油断させるための言葉のはずだと、以前なら思っていた。でも、いまはもっとあの言葉を囁いてほしいと願ってしまう)

カイの言葉を信じるなら、彼にとって恋愛はゲームなのだから。本気になってしまったほうが負けだ。

それでも、シルヴァの笑顔や、自分だけに見せてくれた甘えた仕草、憂えた顔が忘れられず、カイがなにか話しかけてきても上の空になってしまう。

「あいつの毒牙にかからないうちに、早めに住処《すみか》を変えたほうがいい。なんなら、今日にでもエルライに来るか？」

「いえ……お気持ちだけで」

混乱し、弱々しく微笑んだ。

シルヴァに会ったら、どんな顔をすればいいのかわからない。

たったいま、恋心を確信したばかりなのに。

「喉が渇いただろう。待っていろ」

カイが立ち上がり、広間へと戻っていった。

＊＊　＊＊　＊＊

しばしひとりになったことにため息をついたとき、ふと、背後に誰かが立つ気配がした。

「……あの、もしかして、あなたは」

か細い女性の声が背後からかかり、振り向いた。

菫色のオーガンジーを幾重にも重ねたドレスが黒い髪によく似合っている。

どこかで会ったことのある女性だ。

「もし、お間違えでなければ、……以前、ホフマンさんの館でお会いした方ではありませんか？」

問われて、思い出した。

目の前にいるのは、いまは亡き、アゼルシュタイン伯爵家のリエルだ。

「リエル様、お元気だったのですね」

「よかった。人間違いだったらどうしようかと思っていたのですが、声をおかけしてほんとうによかった」

手に手を取って喜んだ。まさか、あの館での知り合いと会えるなんて。

リエルがクレアの名を知らず、話しづらそうにしていることに気づいて、「あの」とわずかな羞恥に頬を熱くしながら打ち明けることにした。

「わたしは、あなたの国、ヨハナの隣国にあった、シスルナの王女でした。名をクレアといいます」

「まさか、王女様だったなんて……大変失礼しました。知らなかったとはいえ、無礼な態度をお許しくださいませ」

慌てて詫びるリエルを押しとどめた。

「いまはもう、ひとりの平民です。いえ、……正しくは、フロイランの王子、シルヴァ様の奴隷です。あの競りでわたしは、シルヴァ様に買われました」

ホフマンの館で見たときの彼女は、可愛かったけれども痩せ細り、見ていて痛々しかった。
労《いたわ》しげな瞳で、リエルが隣に腰掛けてくる。
「そうだったのですか……」
　だが、いまはずいぶんと健康になったようだ。頬にも赤味が差し、くちびるに乗せた淡
いピンクの紅もよく似合っている。
「わたしのことは、気兼ねなくクレアと呼んでください」
「ですが、仮にも王女様のことをそんなふうに……」
　困っていたリエルだが、親しくしたいというクレアの心が伝わったのか、やがてにこり
と微笑んだ。
「では、私のことはリエルとお呼びくださいね。私はヨハナの生まれですが、シスルナに
とても綺麗なお姫様がいらっしゃることは聞いておりました」
「戦で、わたしの国もあなたの国もなくなってしまったけれど……わたしたちがこうして
会えたのだから、生きていてよかった。リエル、あなたも、とても元気になったようです
ね」
「はい。ホフマンさんの館に来る前は、ほとんどなにも食べていませんでした」
　恥ずかしそうにうつむくリエルは、「でも」とくちびるをほころばせる。

「私を買った紳士のこと、覚えてらっしゃいます？　年上で、大きな身体をされた貴族の方――私はてっきり、あの方の慰み者になるのだとばかり思って悲嘆に暮れていました。でも、違ったのです」

「違った？」

「あの方の――ヘイズワース様というお名前です。おうちに行ったら、お風邪を引いてベッドで休んでいる奥様がいて、私を見るなり微笑みました。ご夫婦には、かつてマリー様というひとり娘がいらっしゃったそうなのですが、不治の病で、若くしてお亡くなりになってしまったのだとか。そのマリー様に、私はよく似ているそうなのです」

美しいドレスの胸元を押さえながら、リエルは語る。星が宿っていそうなほど、大きな瞳が愛らしい。

「亡くなった娘の代わりとして私を育てたい……ヘイズワース様はそうおっしゃいました。一時は彼らのことを疑ってしまって、申し訳なく思っています。こんなに素敵なドレスまで仕立てていただいて……」

涙ぐむリエルの手を優しく握り、「よくお似合いです」とクレアは言った。

「悪いひとばかりではありませんのね。私、いま、毎日がとても幸せです。ヘイズワース様にご恩返しがしたいと申し出たら、『ドレスを着て、舞踏会に出てほしい。その様子をあとで妻にも話して聞かせてほしい』と言われました。奥様もすっかりお元気になりましたが、今夜の舞踏会は遠慮して身体を休めるから、と。『多くの紳士が来るだろうから、未来の婿候補を探す意味でも、楽しんできてね』と奥様に言われて」

「まあ。ダンス以上に、大変なお役目を言いつかったのですね」

リエルと一緒に笑ってしまった。

こんなふうに他愛ないことで笑うのは久しぶりだ。

以前は侍女がいて、あれこれと話したものだが、シルヴァに仕えるようになってから、取るに足らないお喋りとは遠ざかっていた。

シルヴァの城にいる使用人ともいろいろ話すが、自分と似たような境遇のリエルと話していると心が安らぎ、希望が湧いてくる。

だが、ふとカイの言葉が蘇った。

『気に入った女は年齢問わず抱いて、飽きたら捨てる。彼にとって恋愛はゲームなんだ』

「クレア？　どうかなさいましたか、顔を曇らせて……」

可愛い妹のように身体を擦り寄せてくるリエルに、クレアは笑顔を取り繕い、「いいえ」と頭を振った。

「どう、というのではないけれど……。わたしのお仕えするシルヴァ様は、とても素敵で……」

「ええ。私も惹かれてしまいそうなほど、凛々しくて美しい方ですのね。性格もお優しいと聞いていますし」

「ですが、とても遊び好きで……女性を次々に取り替えて、相手の女性が本気になったらあっさり捨てるのだとか。さっき、そんなことをエルライ国のカイから聞きました」

「まあ」

愕然としたリエルが、次に憤りの表情を見せたことに、驚いた。

「それはなにかの間違いです。私、このような舞踏会で何度かシルヴァ様にお目にかかっていますが、礼儀上、女性と一緒に踊ることはあっても、誘惑なさる場面は一度も見たことがありません」

「わたしも、聞いただけなのですが……女性にとても慣れていらっしゃるふうだから、噂を否定できなくて」

「以前、ヨハナに住んでいた頃に、フロイランの舞踏会に出たことがあります。戦前ですから、四年以上前でしょうか……。その頃からも才気走ったシルヴァ様に群がる女性は多く見かけましたが、中のひとりが大胆にも、『あなたの妻になれたらどんなに幸せでしょう』と言ったのです」

「女性が、ですか？　それはほんとうに大胆な」

一国の王子に、ある意味結婚を迫るとは、肝が据わっているにもほどがある。

「相当お酒を召されていたのでしょうね。淑女としてあるまじき振る舞いに皆はらはらしていたのですが、シルヴァ様はお優しく彼女に恥をかかせないよう、隣室で休ませたあと、『僕には幼い頃から、心に決めたひとがいます。結婚するなら、その女性と、と思っています』とおっしゃったのです。それを聞いた瞬間、私はもちろん、女性が皆うっとりしてしまって……シルヴァ様ほどの方の心を射止めたのは、どんな方だろうと話し合ったのですよ」

「そんなことが……」

「幼い頃から想い人がいらっしゃる一途なシルヴァ様が、気まぐれに女性と遊ぶなんて、たちの悪い冗談です。それはきっと、シルヴァ様の立場を悪くしようとしている方の卑怯な罠です。それに、先ほど広間であなたと踊るシルヴァ様を見かけましたが……誰も邪魔できないほどの睦《むつ》まじさに溢れていましたわ。もしかしたら、シルヴァ様の想い人はクレアなのではなくて？」

「もう、リエル、冗談が過ぎます。私はホフマンさんの館でシルヴァ様に初めて会ったのだから、想い人は違う方でしょう」

言いながらも、鋭い針が胸を刺すような痛みに襲われる。

先ほど、シルヴァへの恋心を自覚したばかりなのだ。

奴隷として扱われていても、彼の真摯さ、優しさ、そして誰にも見たことがない情熱に心から惹かれた。

だけど、この恋心は秘めなければ。そもそも、立場が違いすぎる。

漆黒の髪を揺らし、ふふっと笑うリエルが肩を軽くぶつけてくる。ホフマンの館で見た怯えた表情はもうなく、勝ち気そうで、物事をはっきり言う瞳にクレアも好感を抱いた。本当に、ヘイズワース夫妻に可愛がられているのだろう。

「私、そろそろ広間に戻りますね。旦那様……お父様が待っているので。今度ぜひ、ヘイズワースのうちにいらっしゃって。お母様もお父様も、きっと喜びます。それと、カイ様のお話はたぶんなにかの誤解です。シルヴァ様をお信じになって」

「わかりました、ありがとう。心配してくださって」

「クレアのような方が私のお姉様だったらいいのに」

少し背伸びをしたリエルが頬に軽くくちづけてきて、あどけない挨拶にクレアは微笑んだ。彼女みたいな妹がいたら、きっと毎日が楽しいだろう。

去りがたそうにしていたリエルが広間に消えたとたん、クレアは物思いに沈んだ。

シルヴァを遊び人だと言うカイの言葉と、昔からの想い人がいるシルヴァは一途だと言うリエルの言葉と、どっちを信じたらいいのだろう。

どちらを信じても、寂しい結果を招きそうだ。

シルヴァは黙っていても女性の気を惹く。どんな相手だろうと彼に抱かれたがるだろう。そうして相手がシルヴァに本気になったら、とたんに醒めて次に乗り換えてしまう——カイの言葉を信じるなら、シルヴァにとっての女性は花と一緒だ。

可憐なもの、美しいもの、たおやかなものとさまざまな花を気まぐれに手折り、自分のものになったら満足して飽きるのだろう。

一方、リエルの言う、一途なシルヴァは難なく想像できる。戦争で疲れ果てた民を見舞い、国の未来を考えるシルヴァは、王子として完璧だ。

（――だけど、想い人がいらっしゃる。それも、ずっと昔から）

酒に酔った女性を穏便にあしらうためでもあっただろうが、皆の前で心に決めたひとのことを話すというのは、よほどのことだ。

それだけ、その想い人はシルヴァの心に刻まれているのだろう。

（どんな方なのだろう。シルヴァ様とはどんな形で出会ったのだろう。わたしが、その方であったらどんなによかったか）

赤い靴の爪先が痛んできて、もう一度ベンチに腰掛けた。

「遅くなってすまなかったな。知り合いに捕まってしまった」

「いいえ。お気になさらず」

ようやく姿を見せたカイに、笑顔を取り繕う。

「甘い炭酸水は、クレアの好みだったな」

「覚えていてくださったんですね」

「昔からのつき合いだからな」

以前のように性急すぎる結婚の話も出ず、すっかり大人の男性になったカイと話せることは素直に嬉しいのだが、シルヴァの話を聞いたいまでは落ち着かない。

(シルヴァ様に聞いたら、カイとリエルの話のどっちがほんとうか、教えてくださるのだろうか)

グラスを軽く触れ合わせ、クレアは半分ほど飲み干した。

甘く、爽やかな味わいのあとに少し苦さがあるのを妙に思い、カイに訊ねてみたが、

「少し酒が混じっているのかもしれない」とだけ返ってきた。

試しに、もう一口だけ飲んだのがいけなかった。

急に視界が回り出し、身体がふらつく。

思わずベンチの縁に手をついたクレアに、カイが「大丈夫か?」と肩を抱き寄せてきた。

「ごめんなさい。飲み物に、酔ってしまったのかも……」

「効き目は抜群だったな、クレア」

にやりと笑うカイに、耳を疑った。

いったい、彼はなにを言っているのだろう。

効き目とはなんのことなのか。

「おまえの飲み物に薬を仕込んだ。眩暈《めまい》がするだろう。よく効く睡眠薬だ。携帯しておい

てよかった」

「なに、……を……」

ひとつ言葉を発するだけでも頭がくらくらする。

いまにも眠気に負けて、瞼を閉じてしまいそうなのが怖い。必死にシルヴァの名前を呼ぼうとしたのだが、くちびるが痺れている。

「ここからエルライに戻るには遠すぎるな……。知り合いに、無人の城を持っている奴がいる。城の塔に閉じ込めて――」

くちびるが触れるほどの距離で、カイが囁いた。まるで、鋭いナイフにも似た声で、クレアの心を切り裂くかのように。

「――おまえを犯してやる」

心を抉る言葉とともに、底なしの暗闇がクレアを呑み込んでいった。

＊＊　＊＊　＊＊

長話をしたがる知人との会話をようやく終え、シルヴァはあたりを見回したが、クレアがいない。

歩を速め、いくつかのバルコニーものぞいたが、どこにもクレアの姿はなかった。

(気分が悪くなって、べつの部屋に移ったのか?)

それはどうなのだろう。ここはヴァルハーサの城だ。

戦が終わったとはいえ、クレアにとって、ここはいまでも敵陣だ。

彼女の生真面目な性格から考えても、気を抜いてどこかの部屋で休むということは考えにくい。

こういうとき、仮面舞踏会というのは厄介だ。

ある程度の人物はマスクをつけていてもわかるが、亡国となったシスルナの第一王女を手元に置いているというのは、いまのところ誰にも知られていない。

だからこそ、ここで下手に彼女の名前を出すわけにもいかない。

募る焦りが顔に出ないよう、平静を努め、バルコニーのそばにいた使用人に聞いてみた。

「黒のドレスを着た女性をこのあたりで見かけなかったかい? ダイヤモンドをあしらったマスクをつけていた女性なんだが」

「ダイヤモンドのマスク、ですか……」

使用人は少し考え込んだあと、「そういえば」と顔を上げた。

「二十分ほど前に、お見かけしました。赤い靴を履いた女性ですよね？」

「ああ、そうだ」

「男性と一緒に広間をお出になりましたが」

「その男性の身元は？」

言いづらそうにしている使用人に、こっそりと高額紙幣を数枚握らせた。すると、使用人は耳元で囁いてきた。

「エルライ国のカイ様、だったと思います。お連れの女性は酔っていらしたのか、おひとりで歩けないようでしたので、カイ様ともうひとり男性の方が付き添っていらっしゃいました」

「カイか……、どうもありがとう。助かったよ」

礼を述べたが、内心どうしようもない不安と焦燥感が膨れ上がっていく。

やはり、彼女をひとりにすべきではなかった。

エルライ国のカイと言えば、かつてクレアにしつこく求婚していた男だということをシルヴァは知っている。

彼女がなにげなく昔話を漏らしたときに気になり、信頼できる者に密かに探らせていたところ、カイのことを摑んだのだ。

北の国、エルライは小さいながらも驚くほど軍事力が高く、民も好戦的な性格の者が多い。このたびの戦に交じらなかった理由は、いくつか考えられる。

軍事力が高いとはいえ、大国ヴァルハーサに刃向かうのは自殺行為であるということ。

また、内部紛争が何度か起きているため、外での戦争に参戦しているどころではなかったということ。

荒っぽいことを好む現国王、そしていずれは後を継ぐカイに対する反発が一部で強まり、半年前にはクーデターもあったと聞く。

ともあれ一刻も早く、カイと一緒に出ていったクレアを捜さなければ。

先ほど、使用人は『女性はおひとりでは歩けないようだった』と言っていた。

クレアは酒をたしなまない。となると、クレアの意思でカイについていったのではなく、なんらかの薬を盛られ、朦朧《もうろう》としたところを連れ去られたのではないだろうか。

「……見つけたら、ただではおかない……」

ぎりっと歯を食いしばった。

いまのシルヴァの表情を、もしもクレアが見たら驚くだろう。

にこやかな笑顔の裏に、ほんとうの顔がある。冷徹で、ときには誰よりも非道にもなれるからこそ、フロイラン一の智将と呼ばれるのだ。

二十分ほど前といったら、馬車を使ったとしても、まだそう遠くには行っていないはずだ。ここからエルライに戻るには遠すぎる。

そう推理して、足早に広間を出ようとしたが、先ほど長話をしていた男性を視界の端に見つけて、駆け寄った。

彼はフロイラン、ヴァルハーサはもちろんのこと、エルライをはじめとした各国の要人と親しい、さる国の裕福な貴族のひとりだ。

だから、さまざまな情報を持っている。ちょうど女性とのダンスが終わったところで、壁際のソファに座り、使用人からシャンパンを受け取っていた。

「すみません。お楽しみのところ申し訳ないのですが、……エルライのカイ王子が今夜、この舞踏会にいらしていたと聞きました」

「ああ、そのようだね。もう帰ってしまったみたいだが」

シャンパンで喉を潤しながら、広間を見回した男性が言う。

「宿屋に気軽に泊まるような立場ではないでしょう。どこかに隠れ家があるとか、知り合いの家があるとか……あなたならご存じではありませんか？」

「確か……ここから西に馬を走らせて二時間ほどの森の奥に、小さな城がある。カイ王子はこのあたりに来るとき、そこに寝泊まりしているそうだ。塔が目立つ古城だから、すぐわかるはずだ。普段は使われていない、無人の城だがね。それにしても、どうしてカイ王子のことが気になるのかな？　きみたちは顔見知り程度の仲だったと思っていたが」

当然の問いかけに、シルヴァはみぞおちに力を込めた。

「——僕のとても大切な宝物を奪い去ったんですよ」

「おやおや、カイ王子も運が悪いな。きみの本性を知っていたら宝物を奪い取るなんて愚行はしないだろうに。……とはいえ、相手も一国の王子だ。醜聞《しゅうぶん》にならないよう、手加減してやりたまえ」

「それは相手の顔を見てから考えますよ。聞かせてくださり、ありがとうございました」

薄く笑い、シルヴァは礼を言って広間を出た。

待機させていた御者を呼び、急いで馬車を西の方角へ駆けさせた。冷え込む夜気を遠ざけるために、マントを巻きつける。

一刻の猶予もない。

揺れる馬車の窓から夜空を見つめ、シルヴァは両手を深く組んで呟いた。自分に、強く言い聞かせるように。

「——絶対に、クレアは誰にも渡さない」

＊＊　＊＊　＊＊

目覚めは、気怠さとともに訪れた。

意識にはまだ靄《もや》がかかっているようで、クレアはいま、自分がどこにいるのか、よくわからなかった。身体がひどく重い。

「ここは……」

ひたひたと忍び寄る冷気にぶるっと震え、たまたま羽織っていたショールを身体にきつく巻きつけた。

薄暗い、石造りの部屋にあるベッドにクレアは寝かされていたようだ。

ぐるりと円形になっているこの部屋は、塔にでもあるのだろうか。

仮面舞踏会に参加していたときは暖かな夜だと思っていたが、ここはずいぶんと寒い。

ベッドしかなくて、まるで牢獄みたいだ。

薄暗がりに目を凝らし、壁沿いに鉄製の扉を見つけた。慌てて駆け寄ったが、頑丈な扉はびくともしない。

「……どうしよう」

窓は手も届かないほどの高さにある。ベッドに立って手を伸ばしても、まったく届かなかった。床にはかろうじて薄い敷物が敷かれている。

牢獄なのか、それとも倉庫として使われていた場所にベッドを置いたのか、まるでわからないが、しばらく使われていなかった場所のようで、がらんとしている。

踵の高い赤い靴を見下ろしてシルヴァを思い出し、胸がきゅっと引き攣れるように痛む。

急にいなくなったことで、心配しているだろう。

自分の不用心さが悔やまれてならない。カイとの話を早々に切り上げて、広間にいるシルヴァを探せばよかった。

心の中で何度もシルヴァを呼んだ。

助けに来てほしい。カイの罠にはまってしまった愚かな自分をいくらでも苛んでいいから、シルヴァに助けに来てほしい。

「……寒い……シルヴァ様はどうしているんだろう……」

呟いたのと同時に、キィッと重い軋みを立てて扉が開いた。

「ようやくお目覚めか、亡国のお姫様」

「カイ！」

にやにや笑いながら部屋に入ってくるカイにぞっとし、後ずさった。

だが、室内は狭い。すぐに壁に背中が当たってしまう。

これでは、逃げたくても逃げられない。

「そう怖がるな。すぐにも犯してやりたいところだが、俺の質問に答えることができたら、許してやらなくもない」

「どんな質問だというのですか……？」

睡眠薬を飲ませて連れ去るカイの口から、真っ当な問いかけなど出るはずがない。

そうとわかっていても、魔の手から逃れたくてあがいてしまう。

（シルヴァ様のそばを離れなかったら、こんなことにはならなかったのに）

とん、と背中が石壁にぶつかった。本能的に身体を守ろうとして胸の前で両手を交差させたが、両肩をきつく壁に押しつけられてしまう。

「……ッ……」

大柄のカイが眼前に立ちふさがる。

「控えめに見えてその芯の強そうな目、昔からぞくぞくさせられた。おとなしく俺の結婚話を受け入れておけばいいものを」

「離してください！」

「シルヴァにはもう抱かせたのか？　両親も死んだんじゃ、男に簡単に足を開くしかないよな」

ヴァルハーサの城で見せていた紳士的な態度はどこへ行ったのか。

耳殻に沿ってくちづけてくるカイの侮辱が許せず、その頬を思いきり引っぱたいた。

一瞬カイは目を丸くするが、さらに力を込めてクレアの両手をきつく押さえ、ショールで縛り上げてくる。

「じゃじゃ馬を飼い慣らすのも嫌いじゃないが、その前に、おまえよりもっと大切なダイヤモンド鉱山の在処《ありか》を教えろ」

「鉱山……？」

「そうだ」

底光りする眼で見据えてくるカイに、クレアもぐっと奥歯を噛み締めた。

やはり、カイの目的はそれだったのか。

エルライの情勢も覚束ないと風の噂で伝え聞いていた。このたびの戦争に参戦してはいなかったが、長引く内乱が原因で国として生産している織物産業も不振が続いており、窮乏していると聞いている。

カイは、昔からの知り合いであったクレアを拉致し、手っ取り早くシスルナのダイヤモンドを手に入れて、国を潤わせたいのだろう。

「おまえの両親が最期まで漏らさなかった鉱山の在処、ひとり娘のおまえなら知っているんだろう？」

ダイヤモンドを一番多く採掘できる鉱山は、シスルナにとっても命綱だったし、外国との紛争の火種にもなり得る。

立った。

だから、クレアの両親も迂闊《うかつ》に口を開かず、クレアにも言葉では伝えずにこの世を旅
「……わたしは、知りません。いま思えば、シスルナは滅び行く運命でした。ダイヤモン
ド鉱山も、誰にも触れられずに眠るのが正しいんです。ひとの目を眩《くら》ませ、狂わせるダイ
ヤモンドなど、ないほうが……、く……っ……！」

「素直に言うんだ。それとも、犯されながら言わされたいか？」

首を両手で締め上げられ、視界が真っ赤に染まる。

「……っ……シ、ルヴァ……さ、ま……っ」

力尽くで乳房を揉みしだかれる。痛みが支配する世界でクレアは懸命に抗い、自分より
も逞しい男から逃げようと必死だった。

「やめて……やめてください！」

「シルヴァに可愛がられているんだろう。淫らな身体を俺にも味わわせろ」

カイのくちびるが胸へと近づき、心が張り裂けそうだ。

薄れゆく意識の中でシルヴァの名前を呼んだとき、扉の外で怒号が上がった。

何者かが争っている激しい声、そして打擲《ちょうちゃく》音が響く。

「なんだ！」

カイが気を取られた隙に、クレアは急いで腕から逃げ出した。

目の前で扉が大きく開き、長身の男性が飛び込んできた。

「クレア、無事か！」

「――シルヴァ様！」

「おまえ……、あとを追ってきたのか！」

すらりとした長剣をカイに突きつけ、黒のマントを翻して部屋に飛び込んできたシルヴァに胸が熱くなる。

髪を乱してまで駆けつけてくれたシルヴァに、この方でなければという想いが奥底から熱くこみ上げ、身体中を焦がしてしまいそうだ。

「クレア、おいで。怖かっただろう……きみから目を離すべきじゃなかった。きみを失ったら僕は到底生きていけない。きみだけを愛しているんだ」

「シルヴァ様……！」

シルヴァは素早くマントを脱いで跪き、クレアを強く包み込んだ。彼の温もりとともに、愛の言葉が身体中に滲み込んでいく。

この言葉を信じたい。シルヴァに愛されているのだと、心から信じたい。

「どうしてここがわかったんだ……！」

カイが声を悔しそうに張り上げた。

「――逃げるときは、轍《わだち》に気をつけなきゃいけない。ヴァルハーサからここまで、轍が続いていた。今日の夕方、少し雨が降ったこともあって、轍を追いやすかった」

クレアに囁く声とはがらりと変わり、感情のこもらない声でシルヴァが言う。冷笑交じりのそれに、背筋がぞくりとする。

なぜだか、いつものシルヴァとは違う気がした。フロイラン一の智将としての冷徹さ、酷薄さがかいま見える気がする。

「くそっ……！」

すぐにカイも腰に差していた鞘から剣を抜き出すが、俊敏なシルヴァに叩き落とされ、ひと息に追い詰められた。

「ここで首をはねてもいい。心臓を一突きにしてやってもいいが――僕の大切なクレアに触れたのだから、もっともっと苦しめたいね。……さて、どうしようか？　簡単に殺すのは惜しい」

「あ……あ……」

「徹底的に苦しませないと」

鋭い剣先が、青ざめたカイの喉元を狙い、つうっと傷を作りながら這い上っていく。血が滴り落ちていった。

シルヴァの剣さばきは見事なもので、一回り大柄のカイですら悔しげに萎縮し、壁に張り付いていた。

「指を一本ずつ断ち落とし、耳を断ち落とし、それでも許しを請わないならおまえの両目をひとつずつ……」

「や、やめてくれ！」

優雅なシルヴァには似合わない残虐さに、カイが悲鳴を上げる。

シルヴァは冷ややかに笑い、素早く剣を逆に持ち替えて、柄の部分でカイの腹を思いきり突いた。

「……っ……！」

容赦ない力で腹を突かれたカイは失神し、その場に崩れ落ちる。

すべてが一瞬の出来事で、声を上げる暇もなかった。

「クレア、大丈夫かい？　怪我はない？」

「はい、わたしは……、大丈夫です」

ほっと気が緩み、微笑むと、シルヴァが思いきり抱き締めてきた。

髪に指が差し込まれ、くしゃりと何度もかき混ぜられる。

繰り返し抱き締め直す逞しい腕に、クレアも頭を擦り付けた。

——わたしは、シルヴァ様を愛している。たとえ、この想いが叶わなくても。わたしのことをどう思っていようとも、助けに来てくださった。なにがあろうと、この方についていきたい。

「……きみを失うかと思ったら、頭がおかしくなりそうだった……」

「シルヴァ様……大丈夫です。わたしは、ここにいます」

シルヴァにも怪我はなく、ほっとした。

護衛も務めているらしい御者に気絶したカイをぎっちりと縄で縛り上げさせ、シルヴァは冷ややかに笑った。

「これぐらいじゃ、ほんとうは気がすまないけどね。首をはねられなかっただけでもありがたいと思ってもらおう」

その冷たい笑みは初めて見るもので、クレアの心を奇妙に摑んで離さない。怖いと思うのに、惹かれてしまう。

いつものように穏やかに笑うシルヴァもたまらなく好きだが、美貌がより映える冷酷な笑みに思わず見とれた。

「怪我がないかどうか、あとできちんと確かめよう。とりあえず、城に戻ろうか」

「はい」

支えてくれるシルヴァに身を預け、クレアはその場をあとにした。

第八章

夜が更けた頃に城に戻り、シルヴァのマントを羽織っていたクレアは地下の寝室でそれを脱いで丁寧に畳み、シルヴァに返した。

「ありがとうございました、シルヴァ様。あなたが来てくれなかったら、どんなことになっていたか……」

ぶるっと肩を震わせるクレアを抱き寄せ、シルヴァが髪や背を優しく撫でてくれる。

「もう怖がらなくていい。僕が目を離したのも悪かったんだ」

「……シルヴァ様……」

背中を撫でてくれる手はとても温かいのに、なぜだか胸が焦れてしまう。

――どうか、わたしだけをきつく抱き締めてほしい。カイから彼の噂など、聞かなければよかった。

今夜の舞踏会に出るまでは、彼を疑うなんて気持ちは欠片もなかったのに。

シルヴァを愛しているという想いは、独占欲や嫉妬という厄介な感情まで連れてきたようだ。

「シルヴァ様、……ひとつだけお聞かせください。こういうことを、……その、他の女性にもなさったことがあるのですか？」

「……クレア？　なにを言ってるの？」

案の定、シルヴァは驚いた顔だ。

カイに吹き込まれた噂を吹き消してほしくて、シルヴァを懸命に見上げた。そんなのはつまらない冗談だ、愛している、ともう一度言ってほしい。

「カイに、聞いたのです。あなたは……次々に女性を替え、相手が本気になったら飽きて捨ててしまうのだと。でも、そんなのは嘘ですよね？　あなたにかぎって、そんなことは」

シルヴァが息を呑む。

『ああ、嘘だよ』

さらりとそう返してくれるものだと思っていたのに、シルヴァは目を眇めているだけだ。

「シルヴァ……様？」

「──クレア、それを僕に聞いているということは、きみの心に疑いが芽生えているという証拠だ。僕はきみを愛していると言ったのに」

いままでに聞いたこともない、冷然とした声を発したシルヴァが剝き出しのドレスの肩を摑み、親指で鎖骨をなぞってくる。

ついさっき、クレアを救い出したときの強さとはまるで違う感情を宿した瞳に射貫かれ、言葉がろくに出てこない。

「『嘘だ』と言ってほしくて、僕に訊ねているということは、僕を信じていないということだ。女性を誑かし、好きなように弄んでいる男だと、きみは心のどこかで疑っているんだね？」

「シルヴァ様、そんなことは……」

「おもしろい昔話をしてあげよう。僕はね——その昔、生母から虐待されていたんだ」

「虐待……？」

思わぬ話に青ざめた。

シルヴァが冗談を言っているとも思えない。腕組みをするシルヴァは、冷ややかな視線を向けてくる。

「僕は、母からの言いつけで、終始、きつい靴を履かされていた。『小さな靴を履いてもらうことがあなたを災いから守る唯一の術——私の愛情の証なのよ』と言ってね。どれも美しい手製のものばかりで……履かないと母に愛してもらえないと思ったから、つらくても言うとおりに従った。そういう愛し方も、世の中にはあるんだよ」

「そんな……」

「僕への歪んだ愛情だったのかもしれないし、母の性格が歪んでいただけのことかもしれない。いまとなっては、なにが真実だったのか、もうわからない。それに、苛めを受けていることを家令に言ったら、信じてもらえなかったうえに母に筒抜けになっていた。僕はどうなったと思う?」

シルヴァがくちびるの端を釣り上げる。いつになく、冷たい笑みだ。

なにを言ってもシルヴァの神経を逆撫でしそうで、クレアは口をつぐんだ。

幼い頃のシルヴァを思い描くと、胸が痛い。生母の気まぐれに振り回されて、懸命に言うことを聞こうとしたのだろう。

その生真面目さを、生母はきっと利用したのだ。

許されるならシルヴァを抱き締めて、過去の痛みが薄れるまで背中を撫でてあげたかったが、手を動かすのもためらわれるほどの威圧感をシルヴァは発している。

普段はにこやかなシルヴァだが、意識すれば何者も目を合わせることができないほどの畏怖感を漂わせることができるのだと、今夜、初めて知った。

迂闊にも、カイから聞いた話をしてしまった己を内心きつくなじったが、シルヴァの怒りは簡単に解けそうにない。

すれ違ってしまっている互いの想いを、どう修正すればよいのだろう。

「僕は母にもっと折檻されたよ。小さな靴を履かされて泣くまで歩かされた……。僕は、誰かを疑うことの恐ろしさを思い知ったよ。きみにも、その怖さをわかってもらわないとね。——疑うなんて、させない」

「疑うのではなくて、ただ……！」

ただ、真実が知りたかっただけなのだが、どう言ってもいまのシルヴァは耳を貸してくれなさそうだ。

「——いままで自分を抑えていた僕が馬鹿みたいだ。やっぱり、もっときつい靴を履かせて、きみを僕に縛り付けてしまなわないと」

あ、と思ったときにはすでに遅く、シルヴァが強くくちびるをぶつけてきた。

こんなはずではなかった。

シルヴァに訊ねて、誤解を解きたかっただけなのだが、その迂闊な態度がシルヴァを怒らせたのだ。

ちゅく、と音を立てて舌を強引に絡ませられ、涙が滲む。

だけど、怖いだけではない。

うずうずと舌の表面を擦り合わせる濃密なキスはクレアの意識を蕩かし、靴の踵が高いのも手伝って、膝が震えてしまう。

ついシルヴァの胸にすがると、ベッドに押し倒された。

「シルヴァ様……っ」

胸の谷間に顔を埋めてくるシルヴァが、そこを舌でなぞりながら、邪魔だと言わんばかりにドレスを力尽くで引き裂く。

「……ぁ……っ」

思いがけない力に、目を瞠った。

こんな振る舞いをするシルヴァは見たことがない。

「いままで乱暴にしなかったのは、どうしてだと思う？　きみに夢中で、傷つけたくなかったからだ。——でも、きみは僕を信じていない。それどころか、べつの男の言葉に惑わされている。乱暴で、強引な男の言葉にね。きみは、そういう男が好きなのかな？」

「ちが、……違います、シルヴァ様、わたしは……っ」

疑惑をシルヴァにかき消してほしかっただけなのだが、勢いある炎はクレアをも包み込んでしまう。

「どうでもいい女を扱うようにしてほしかった？　もっと強引に奪えばよかったのかな？」

「っ、あ、……あぁ……っ……」

コルセットも無理やり外され、裸の胸にシルヴァが吸いついてくる。

片方の乳房の尖りを嚙み転がし、もう片方の乳房を手で揉み、いやらしく熱を孕むように仕掛けてくるシルヴァに、反応すまいと必死になったが、どうしても声が漏れてしまう。

「い、や……ぁ……嚙、むのは……ぁ、あぁ……」

ちゅくちゅくとしつこく乳首を吸われ、そこがシルヴァの口の中で硬く尖っていくのが自分でもわかった。肉芽を舐め転がしながら、シルヴァはもう片方の乳首もくりくりとこねて、硬く育てていく。

「嚙み心地が……よくなったね。口の中でこりこりになっている」

「ン……、んんっ……」

いままでに何度も胸を愛撫されてきたが、今夜ほど執拗にされたことはない。

少しの間も胸にくちづけていたいというように拘束を強められ、ドレスの裾をたくし上げて下着の上から秘所をかりかりと引っ搔かれる。

「ん、や、……いや……」

腰をよじらせてシルヴァの指が侵入するのを阻みたいが、そうするとふっくらとした胸が揺れ、シルヴァの欲情を煽る。

「白い肌に引き裂かれた黒いドレス……いい眺めだね、クレア。きみに疑われることがこんなに苦しいなんて思いもしなかった……。こんな想いを知るぐらいなら、最初から閉じ込めて、強引にでもこうやってきみを犯せばよかったんだ。」

低い声だが、どこか傷ついたものを滲ませるシルヴァが下着を引き剝がす。

秘所が十分に濡れていることを指で確かめると、赤い靴を履いたままのクレアを立たせてベッドに手をつかせ、シルヴァはうしろを向くように命じてきた。

「シルヴァ、様、こんなことは……」

「きみが望んだことだろう？」

剝き出しにされたそこにシルヴァの逞しい雄芯が押し当てられた。

ぐりぐりと秘裂を割るようにしてくる亀頭が怖いのに、いつになく焦らされて感じてしまったせいか、頭がおかしくなりそうだ。

「……あ、っあ、あぁっ！」

「……ッく……、締め付け、すぎ、だよ」

立ったまま、背後からずくりと貫かれた。雄々しいもので穿たれ、凄まじい快感がほとばしる。

彼のものを受け入れるのはこれでまだ二度目だが、日々、身体中を愛されてきたのだ。

たった一度だけの交わりが忘れられなくて、愛されれば愛されるほど、渇望感が増していくことをクレアは恥ずかしながら認めなければいけなかった。

シルヴァらしくもなく、獰猛に貫いてくる。

(乱暴にしてほしいわけじゃない。でも、シルヴァ様を傷つけてしまった。ずっと、優しくしてくださったのに)

形のいい尻をきつく摑み、シルヴァが背後からずちゅずちゅと突き込んできて、声が止まらない。

踵の高い靴を履いているせいか不安定で、足を大きく開いてバランスを取るか、逆に隙間もできないほどきつく閉じるかのどちらかしかない。

無意識のうちにクレアは両足を閉じ、ベッドに上体を倒してシーツを摑んだ。肩越しに振り向き、シルヴァの名前をかすかに呼んだ。

「クレア、……っ……」

汗ばんだ肢体や悩ましい表情が、シルヴァの欲情を駆り立てているとは知らずに。

長い髪をうなじから上に向かって指でかき乱され、幾度も梳き上げられながら、貪欲に犯された。

両足を閉じたことで、火照って柔らかな膣内も、シルヴァのものをきつく締め付けてしまう。

それだけではない。

中を穿つ屹立の硬さや熱をよりきわどく感じてしまい、自分がいま、シルヴァに抱かれているのだという事実に頭がくらくらしてくる。

「はぁ、っあっ、あっ、ん、や、や、シルヴァ、様、おっき、い……っ……」

「後背位は初めてだけど、きみには合っているみたいだ。……わかるかい？　きみのここが、とろとろになって僕を締め付けている。こんなにいやらしくなるなら、もっと犯してあげるよ」

「や、……ッ……あぁ、そこ、摘んだら……っ」

激しく貫いてくるシルヴァが、剝けきった花芽を指で摘み、こね回す。それだけでクレアは軽く達し、繰り返しシルヴァを誘うように締め付けた。

「ああ、……いきそうだ。きみの中をたっぷり濡らしてあげる」

「シルヴァ様……っ、待っ、んんっ……！」

絶頂に達したクレアの中に、シルヴァがどっと吹き零れるほどの飛沫を放ってくる。いつになく熱い飛沫に、クレアは息を切らした。

「まだだ、……背中にもかけてあげるよ」

「……は……っ……」

「いい顔だ。男を誘う、淫乱な女の顔だ」

肉棒を扱きながらありったけの熱い欲望を背中に浴びせてくるシルヴァに、クレアは茫然自失としていた。

ここまで、シルヴァの怒りを買うとは思わなかった。

熱い滴が太腿を伝い落ちていく。

今度は跪かされ、達したばかりのシルヴァのものを口に含むように命じられた。

「で、ですが、……わたしには経験がなくて……」

「僕で覚えればいい。男を悦ばせる術をね」

クレアが靴だけを履いて全裸であるのに対して、シルヴァはシャツの前を引き出し、下肢をゆるくくつろげているだけということにも打ちのめされた。

自分をほとんど乱さずに、シルヴァはクレアを狂わせることができるのだ。

いまはなにを言ってもシルヴァを怒らせるだけだ。

そうわかっていても、目の前の彼自身をどう愛せばいいのか。

戸惑っているクレアに焦れたのか、それとも彼の中の嗜虐心に火がついたのか。

枕元にある小さな棚の一番下にある抽斗《ひきだし》を開け、袋に包まれた黒いなにかを取り出した。

そこに、そんなものが入っているなんて初めて知った。

シルヴァがそれを取り出しても、最初はなんだかわからなかった。

「きみのお気に召すといいんだが」

低く笑うシルヴァが黒い木製でできたそれでクレアの股間をなぞる。とたんに、ぞくぞくとするような快感が駆け上がってくる。

「これ、は……」

「男の形をした張り型だよ。靴職人が作ってくれたものなんだ。これを下に咥えながら、口で僕のものを愛するんだよ」

「できませ――……っ、……っく……ぅ……ん……っ」

もう一度うしろを向かされ、シルヴァはクレアのそこを指で押し拡げる。

さっき、中に出した彼自身の精がクレアの愛蜜と混ざり合ってとろりと滴り落ち、見るからに卑猥だ。

木製の張り型が秘裂と肉芽を存分に嬲り、ぐうっと押し込まれると、身体中の細胞がわめき出す。

熱くて硬いシルヴァ自身とは比べものにならないが、太さがあるそれはクレアの秘唇に挟み込まれ、中程まで侵入していく。

「さあ、この状態で僕のものを咥えるんだ。いつも、僕がきみにしてあげていることをすればいい」

ベッドに腰掛けたシルヴァの前に跪き、張り型を咥え込まされたクレアは眉根を寄せながら、彼の屹立にそっと手を添え、ちろりと舌を這わせた。

「ん……――」

達したばかりだからだろうか。シルヴァのそこは熱っぽい雄の匂いがして、気づけば、いつしか夢中になって舐め回していた。

「そう、舌でエラの部分をなぞるんだ。丁寧に……筋のところはくちびるで吸うようにするんだ」

教え込まれる間も、「張り型を上下に動かすんだよ」と命じられた。

「僕のものを舐めながら自慰に耽るんだよ。女好きの僕ならそれぐらい命じたって当然だと思うだろう？」

突き放すように言われるのが悲しい。

疑った自分が悪かったのだ。

ただ、シルヴァの真意が知りたくて聞いただけなのだが、カイから聞いた、という言葉がシルヴァの怒りをますます煽ったのだろう。

言うことを聞かないとシルヴァがこの場を去ってしまいそうで、羞恥心に苛まれながらも、クレアは左手で張り型をつたなく動かし、右手でシルヴァのものを愛した。

「……ん、クレア……」

指で先端の割れ目をなぞると、シルヴァが掠れた声を漏らしながら、クレアの髪を摑んでくる。

その声に、自然と目元が潤む。

（わたしのすることに感じてくださっている）

辱められていても、いい。少しでもシルヴァを感じさせたい。

筋を舌先で辿り、だんだんと下へとずらし、蜜がいっぱいに詰まった陰嚢もくちゅくちゅと丁寧に口に含んだ。

「クレア……上手だ。気持ちいいよ」

硬い叢を指でかき分け、太い根元から反り返る先端までつうっと舌を這わせていった最後に、ふとシルヴァと目が合う。

欲情に潤んだ瞳のシルヴァにまっすぐ射貫かれ、身体中が火照り出す。

突然シルヴァに抱き上げられ、半端に挿し込んでいた張り型をじゅぽじゅぽと抜き挿しされた。

「あ、あッ、っあぁっ」

「張り型が合っているようだね。黒いこれがきみの中を犯しているのが、よく見えるよ。……今度、これをはめたままどこかへ出かけようか？　きみの首に首輪をはめて、鎖をつけて、外を散歩をするのもいい。庭の四阿《あずまや》で何度も抱いていかせてあげるよ」

肉襞を淫らにめくれさせて、張り型が容赦なく突き込んでくる。

足を閉じようとしてもシルヴァの手で押さえつけられてしまう。張り型が犯す秘所を、シルヴァがじっと見つめているのがひどく恥ずかしい。

「こんなものでクレアはいけるのかい？　だったら——名前も知らない男を呼んできみを抱かせようか。僕はそれを見ているだけだ。それとも、きみを壁に磔《はりつけ》にして、朝も夜もあらゆる器具で責め抜いてもいい。きみのここがどんなふうに張り型を咥え込むのか……ホフマンの館に集まった貴族を呼んできみの淫乱ぶりを見せつけてあげようか？」

「いやです、……そんなことは、いや……あなたが……シルヴァ様だけを……」

愛しています、という言葉は、シルヴァのくちづけでかき消えてしまう。

太い張り型を抜かれたと思ったら、再びシルヴァが貫いてきた。

熱くて、硬いシルヴァに夢中になってしまう。

「……ああ、やっぱりだめだ。他の男がきみに触れるかと想像するだけで、僕は気が狂いそうだ」

「ん——んん、っんんっ、はぁ、っん」

「僕のものだけでいてくれ、クレア、お願いだ。ずっと僕のものだけで……」

さっきよりもずっと激しく揺さぶられた。

花びら、そしてふくらんだ蕾を弄られながら挿入されて、ただもう喘ぐしか術がない。

「蜜が溢れてるよ、クレア……さっきよりずっと濡れている。きみは虐げられると感じるたちなのかな？」

「そ、んな……っ」

熱くなっていることを指摘されて恥ずかしくてたまらなかったのだが、激しくされるとより深い快感に満たされてしまう。

シルヴァも一突き一突き、重みを込めて貫いてくる。

「クレア……乳首も硬くしこってる。苛めてほしい？」

「あ、っ……」

シルヴァの肉棒で深く穿たれ、乳首も根元から摘まれて吸い上げられる。

喘ぎも漏らせないほどに舌を深く搦め捕られる濃密な交わり方に、シルヴァのほんとうの顔を見た気がした。

気品があって、温かい心を持ちながらも少し意地悪で笑顔の似合うひと――それがいままでのシルヴァだったが、今夜からは違う。

冷ややかに笑うシルヴァは、獰猛にクレアを貪り、幾度絶頂を迎えても許してくれない執拗さがある。

淫らな性交を知り尽くしていて、ただクレアを貶めたいだけなのかもしれないが、だとしたら、こんなにも長く愛おしげにくちづけている意味がわからない。

唾液を何度も交わし、舌をたっぷりと吸われながら最奥を亀頭でぐりぐりとつつかれると、快感のあまり泣きじゃくってしまいそうだ。

「……ん、……はぁ……っ……ぁ……シルヴァ、さ、ま……っだめ、もぉ……っ……」

シルヴァの背中を抱き締めたクレアは、数えきれない絶頂へと昇り詰めていく。

意識も身体も限界だ。

そうとわかっていて、シルヴァはクレアを追い詰めるために腰を大きく使い、最奥にたっぷりと放つために深く穿つ。

じゅぽっ、と蜜を絡めながら引き抜く音がなによりいやらしい。

「一緒に死んでしまおうか。クレア……そうしたら、きみは、もう、どこにもゆかない。僕といつまでも一緒だ」

「……ッ……シルヴァ様……」

彼から香り立つ深い狂気と色気に言葉を失い、クレアが達し、意識を手放す寸前、シルヴァは再び貫きながら自嘲交じりの声で囁く。

「そんなに――……優しい声で僕を呼んだらいけないよ、クレア。心から愛されているのだと、僕が、勘違いしてしまうから……」

** ** **

すべてが、あの日を境に変わってしまった。

来る日も来る日もクレアは地下室でシルヴァに陵辱され続けた。クレアが逃げ出せないよう、地下室の扉には外から鍵がかけられ、一歩も出ることができなかった。

食事まで断とうというつもりはなかったらしい。

一日に三度、女性の使用人によって食事が運ばれた。

その間、クレアはバスルームに閉じ籠もっていた。シルヴァの命令で全裸のときもあったし、ごく薄いシュミーズかナイトドレスだけのときもあった。

とても人目に晒せる格好ではない。

『使用人とは口をきかないように。もし話をしたら、きみにも使用人にも重い罰を与える』

そう言ったシルヴァに背くことはできない。

自分だけではなく、他人まで巻き込んでしまうのが怖くて、クレアは使用人と顔を合わせることがないバスルームに閉じ籠もっていたのだ。

シルヴァの責め苦は日ごと趣向が変わり、クレアにそのたび、新しい羞恥と快感を植え付けた。

こんなふうになってから、クレアが身につける物もすっかり変わった。

下着の代わりに貞操帯をつけさせられ、首輪をはめられ、上からそれを隠すように襟の高いコートを着て外出することがあった。

首輪も、コートも、特殊な職人に作らせているらしい。どれもサイズはクレアにぴったりで、いつでもどこでも、シルヴァが犯せるように、ドレスには巧妙なスリットがいくつか作られていた。

こうしておけば、スリットからシルヴァが手を差し込んで、下着をつけていないクレアの秘所を嬲ったり、実際に挿入したりすることもできるのだ。

馬車はあとから来させ、ふたりきりで町を歩いたこともあった。

極細でも頑丈な首輪の先には密かに鎖がついており、コートのポケットの中でシルヴァが軽く引っ張るだけで踵の高い靴を履いたクレアはよろけ、彼の腕の中に倒れ込んでしまう。

よろける回数が増えるたび、馬車の中で貞操帯をはめた下肢をいたぶられた。だが、外ではけっしていかせはしないというのが、シルヴァの考えた罰だ。

何度も昂ぶり、最後には自分からいかせてほしいと懇願しようかとも思ったのだが、言ってしまえば更なる責め苦を味わわされることはわかっている。

熱くなった身体を必死で抑えて、潤んだ目でシルヴァを見つめるのが精一杯だった。

踵の高い靴は、シルヴァがことのほか気に入っているものだ。

こんなふうになった事の発端である仮面舞踏会で履いていた赤い靴もシルヴァの気に入

りだったが、スエードでできた編み上げの靴はとびきり踵が高く、デザインも素晴らしく、スタイルをよく見せる代わりに、クレアに苦痛を与えた。

爪先が細くなっており、歩くたびに痛いのだ。

「もっと僕に従順になるんだ。きみが、僕以外の男の……いいや、僕以外の男なんかいない。きみが僕のことしか考えられなくなるようにしてあげよう」

昂ぶったシルヴァはクレアを連れ、夜の城の庭園を散策した。張り型を深く押し込まれ、下着をつけることは許されなかった。

「おいで、あの四阿で休もう」

「あ……」

散々、歩かされたせいでよろけるクレアはもつれるようにしてシルヴァの隣を歩いた。

ふたりを繋ぐのが、細い銀鎖だと思うとつらい。

首輪も、鎖も凝った模様が彫り込まれている。シルヴァはこうした装飾品にもけっして手を抜かず、美しいものだけをクレアにつけさせた。

小さな靴を履かせて歩かせるのは、昔、自分が生母にされたことへの仕返しだろうか。

それとも、ほんとうに、小さい靴を履かせておけば、そばを離れないと思っているのだろうか。

できることならこの心臓を抉り出して、ずっとそばにいるという真実をシルヴァに誓いたいのに。

月が照らす四阿で、シルヴァがゆったりとベンチに腰掛ける。その前にクレアは立った。

「コートの前を開いてごらん」

「シルヴァ様……でも、誰かが来たら……」

「開くんだよ」

言われて仕方なく、首輪を隠すための襟の高いコートのボタンを震える指でひとつずつ外し、肌を晒《さら》した。

シルヴァの責め具とスエードの靴以外、一糸纏わぬ姿で、今日一日、シルヴァの隣を歩いていたのだ。

ほとんど裸同然の姿で歩いていることがばれたらと思うと、途中で何度も、罪深さに足が止まりそうだった。

するとすぐに鎖が引っ張られ、シルヴァのそばに駆け寄るしかなかった。

なにげなくコートの上から乳首をつままれると、びりっと感電したような快感がほとばしり、息が切れてしまったものだ。

緊張で乳房は引き締まり、乳首も硬く尖っている。愛蜜が内腿を伝い落ちていくのが恥ずかしくてたまらない。

なによりいやらしいのは、首輪の前から繋がった鎖がまっすぐ臍の前を掠め、Ｙの形の細い革紐に繋がっていく、貞操帯だ。

張り型を押し込まれて貞操帯をつけられ、ずっと疼いたまま歩かされるなんて、拷問にも等しいことだった。

「っ、……シルヴァ様、……見ない、でください……」

すっかり声が掠れてしまっているクレアを抱き寄せ、シルヴァはコートの中の裸身をじっくり見つめる。

視姦されるのには慣れていない。

肌が震えているのに、シルヴァの鋭い視線を感じて、油断すると内側から熱い蜜がとろりと溢れ出してしまいそうだ。

「柔らかそうな乳房だ。吸ってほしそうに先端が揺れているね」

「な……っ」

扇情的な言葉に頬を赤らめたが、ぎゅっと乳房を摑まれ、クレアの好きな加減で揉み込まれてしまう。

喉がからからに渇いている。もう、どうなってもいい。

「あ、ああ、っ……」

「よく途中で達しなかったね？」

くすくす笑うシルヴァが乳首を舐りながら、貞操帯の脇から指を突っ込み、まだ埋まっている黒の淫靡な張り型を弄ってくる。

「ん、っく……ぅ……いや、ぁ、や、……ぁ……っはっぁ……」

時折、快感ですっかりふくらんでしまって露出している花芽を指が掠めると、膝ががくがく震えるほどの絶頂感に襲われた。

「シルヴァ、様、……いや、です、いや、……」

「どうしてほしいの？　きみのぐしょぐしょに濡れた割れ目に、犬みたいにうしろから突き入れてあげようか？　それとも、ここで四つん這いにさせて、溢れそうな蜜を全部啜ってあげようか？」

以前の優しいシルヴァとは打って変わり、ひどくいやらしく、残虐的なことを平気で口にする。

そんな彼を憎めたらいいのだが、彼の気持ちを裏切ってしまった自覚があるだけに、クレアはなすがままに身を任せるしかない。

シルヴァ自身も待ちかねていたのだろう。

トラウザーズの前をくつろげ、隆《りゅう》とした硬いものをあらわにすると、クレアの愛襞を隠す貞操帯を慎重に外す。

「ああ、もう、きみの愛液でベトベトだ。貞操帯は使い物にならないな。また、作らせないと」

濡れて湿った革の貞操帯がぴしゃりと音を立てて地面に落ちる。

シルヴァの忍び笑いに、全身が羞恥心に熱くなる。

ようやく張り型を抜かれると、火照りっぱなしだった膣が悩ましく蠢いてしまっていたたまれない。

「今度は、クレアの感じやすいここをずっと刺激し続けるような細工を施した貞操帯を作ってあげるよ。貞操帯に真珠を埋め込ませようか。そうすれば、いつでもクレアの大事な花芽を真珠が意地悪くくすぐってくれるよ。貞操帯をつけて、ひとりでお使いに出してあげよう。きみのいい匂いに他の男が襲いかかってきそうで怖いけれどね」

「シルヴァさ、ま……っぁ……っあ、ぁ」

「僕の上に座るんだ」

「……ッ……」

編み上げ靴を履いたまま、シルヴァの膝の上に乗った。

丸い尻をきつく揉み込みながら、シルヴァが濡れた亀頭をあてがい、揺すりながら屹立を挿し込んでくる。

立ち膝のクレアがシルヴァの肉棒を中程までなんとか飲み込んだところで、いきなりズクンと奥まで一気に突かれた。とたんに目の前が真っ白になる。

「んん――んぁっ、あぁ、……く、いっっちゃう……っ！」

ずちゅずちゅと数度突き上げられただけで、クレアは達してしまった。無理もない。一日中、シルヴァの責め具に耐えていたのだから。

達した直後も、きゅうっと甘く締め付けてしまい、シルヴァを愉しませてしまう。

「クレア、動いてごらん」

言われて、ぎこちなく動いた。

激しく動くなんてできないが、身体を前のめりにさせて擦り付けるようにすると、いやらしくふくれた肉芽が肉棒に擦れて、全身が痺れるような快感が襲ってくる。

「あっ、あっ、ん、や、擦れ、ちゃ……っ」

「ここが擦れるのがいいんだろう？　いいよ、もっともっと、きみを気持ちよくしてあげるよ。僕と交わることしか考えられなくなるぐらいにね」

「はぁ、っあっ、あっ……シルヴァ様……っ」

「まだ、だよ、クレア――まだ、終わらせないよ。永遠に終わらせたりするものか」

しだいに激しく揺さぶってくるシルヴァの肩にしがみつき、クレアは頭の中を真っ白にさせて喘いだ。

＊＊　＊＊　＊＊

――こんなことが続いたら、いつか私は壊れてしまう。シルヴァ様に抱かれるだけの人形になってしまう。

朝となく夜となくクレアを犯していたシルヴァは、以前とはひとが変わってしまったかのように思えた。

教会の慈善活動は行っているようだが、クレアはもう連れていってもらえなかった。

他の誰の目にも触れさせたくはないというように、シルヴァ以外の人間との接触を断たれていたからだ。

毎日、シルヴァの精を受けて身も心もくたくただったが、地下室に下りてくる彼の足音を耳にすると胸が騒いでしまうのだから、自分は愚かだ。

今日もスエードの編み上げの靴を履いているように、と言われたので、一時間前に履いていた。

シュミーズでは格好がつかないので、ナイトドレスにしてはめずらしく、外着にも見えるような、艶やかな黒の繻子でできた、パフスリーブで膝下丈のものを着ていた。

シルヴァと一緒に出かける以外では外に出られなくなったぶん、シルヴァはナイトドレスをふんだんにクレアに与えた。

そのどれもが、可憐だったり、美しかったり、光沢があったり、柄が綺麗だったりとさまざまだ。

「……これでは、娼館にいるのと同じよね」

最初からこんな扱いを受けていたら、どうだっただろう。

シルヴァに対し愛情を抱くこともなく、ひどい扱いにとっくに心が壊れていただろう。

ここ数日、シルヴァは以前よりも言葉数が少なくなった。

政務の隙間を縫って地下にいるクレアに快楽を注ぎ込んだあと、放心したクレアをじっと見つめ、首に両手をかけてくることがある。

「ほんとうに、……わたしと一緒に死ぬつもりなの？」

洗面台でまっすぐな髪を櫛で梳きながら呟いた。この髪も、昨晩シルヴァが「僕のものだ」と何度もくちづけてきた。

シルヴァの底知れぬ執着心が、いまの形のまま留まっているとは思えない。いつかかならず、壊れてしまう日が来る。

「……シルヴァ様のそばを離れたくない。……でも、いまのままじゃきっと近いうちに、わたしたちは終わってしまう。……どうしたらいいの？」

くちびるを噛み、考え込んでいると、部屋の扉が三回ノックされた。

シルヴァではない。昼食を持ってきた、使用人だ。

食事を運んできてくれたのは、エルダだった。

一番年かさのエルダは、薄衣を纏っているだけのクレアを見て労しげな目をし、なにか言いたそうだった。

だが、言葉を交わしたら、どちらも罰せられる。

クレアがそっとうしろを向こうとすると、「クレア」と小さな声がかかった。

驚いて振り向くと、舞踏会で会った、リエルだ。

目立たない紺色のドレスを着た彼女はエルダのうしろから顔を出し、近づいてきた。

「どうしてあなたがここに……！」

駆け寄り、リエルの手を摑んだ。

「舞踏会で沈んだ顔をしていたクレアが忘れられなかったの。それに、あの夜、いきなりいなくなってしまったでしょう。どうしたのかと密かにひとづてに聞いたら、カイ様に襲われかけたあなたを救ったシルヴァ様が、今度はあなたを閉じ込めているらしいと聞いて……、私、居ても立ってもいられなくて、あなたに会いに来たの。そうしたら、このエルダさんがここに通してくれたのよ」

「いいえ、いけないいわ。わたしがここであなたに会ったと知ったら、シルヴァ様がお許しにならないわ。お帰りになって、リエル。エルダもこのことは内密に……」

「クレア、お願い、よく聞いて。あなたはシルヴァ様を愛している？」

真剣なリエルの表情に、クレアはこくりと頷いた。

「愛しています」

「だったら、ここでシルヴァ様の言いなりになってはだめ。あなたを生かすも殺すもシルヴァ様にかかっているなんて、そんなばかな話を鵜呑みにしてはいけないわ。愛するひとの執心で殺されてもいいの？」

「でも、……でも、わたしは……」

「クレア、あなたはシスルナの王女だったのでしょう？」

リエルの凛とした声で、はっと目が覚めるようだった。クレアは背筋を伸ばし、声に力を込めるリエルをまっすぐ見つめた。

「国はなくなっても、王女としての気高い心までは失ってはいけない。……あなたが人形のように言いなりになるから、シルヴァ様も歯止めが利かなくなってしまっているのかもしれないわ」

「ええ。リエルの言うとおりね」

「でもね、クレア、シルヴァ様の目を覚まさせて、幸せになる方法はあると思うの」

「どんな？」

不思議に思って訊ねると、リエルはにこりと笑い、羽織っていた暖かなコートをかけてくれた。

「ここを出て、あなたがどんなに大切な存在だったかとシルヴァ様に思い出させて、追いかけさせるのよ。大丈夫。かならずうまくいくわ。私がついているから」

「私からもお願いです、クレア。私も他の使用人も、あなたとシルヴァ様のことを思うと胸が痛みます。政務中のシルヴァ様は心ここにあらずといったご様子で、沈んだ顔をしていらっしゃることが多いのです。……きっと、ご自分でも、あなたを軟禁してしまったのは間違っていたと思っているのでしょう」

「ほんとうに？　私、普段のシルヴァ様を見る機会が少なくなってしまったから……」

「あなたにひどいことをしておいて、いまさらご自分から『はじめからやり直そう』とは言い出せないのです。シルヴァ様も意地を張るところがおありですから。それに、――幼い頃、皇后様から受けた仕打ちが忘れられないのでしょう」

「エルダは知っているのですか？」

驚いて聞くと、エルダは悲しそうな顔で頷いた。

「私はあとから聞いただけなのですが、当時の皇后様は気性の荒いお方でした。シルヴァ様を愛してらしたとは思いますが、その愛情が行き過ぎていて……。国王様が不在続きということもあって、ただひとりのシルヴァ様にだけはそばにいてほしかったのでしょう。

だから、小さな靴を履かせて、いつもそばにいさせた、という痛ましい話を聞いております」

「そう、……シルヴァ様はほんとうにつらい子ども時代をお過ごしになったのですね」

エルダの声に、クレアはずきりと痛む胸を押さえた。シルヴァのあれは、ほんとうの話だったのだ。

「シルヴァ様なりに皇后様を愛してらっしゃったのでしょうが、それでも、ひどすぎました。ですが、当時、皇后様に逆らった者は城を追い出されておりました。ですから、みな、シルヴァ様のおつらい姿からそっと目を逸らし続けていたとか」

「……わたし、いまからでも、あの方の支えになりたい。心からそう思っています」

「では、ここを一度出て、シルヴァ様の曇った考えを追い払いましょう。あなたが自分の意思でいなくなったと知れば、シルヴァ様も考えを改めるはずです」

エルダが持ってきた銀の盆から、サンドイッチの包みを取り出し、片手に提げていた籠に詰め込んで渡してくる。

籠にはりんごやお菓子などが入っていた。ここから逃げ出す最中に食べられるようにと、エルダが用意してくれたようだ。彼女の心遣いに、涙が溢れそうだ。

「ほんとうに……シルヴァ様は追ってきてくださると思いますか？」

「ええ、間違いありません。いざとなったら、使用人全員でシルヴァ様の目を覚まさせてみせます」

あれだけクレアに対して仄暗い感情をぶつけてきたシルヴァが、クレアがいなくなったと知ればどうなるかはわからない。

だが、命の危険を顧みずに乗り込んできてくれたリエルとエルダの勇気にも報いたい。

着の身着のまま出ようとして、ふと思いつき、クレアは靴の入っている戸棚に駆け寄った。

「クレア、早く。シルヴァ様がお戻りになる前に出なくては」

リエルの声に「少しだけ待って」と返し、戸棚の中から、祖国を出たときから羽織っていたショールと、奴隷として売られた頃に着ていた木綿のドレス、それから、たくさんの靴の中から、あの赤い靴を取り出した。

人生を大きく変えた、木綿のドレス。

そして、シルヴァとの仲を大きく変えた、赤い靴。

少し考えて、シルヴァに手紙を書くことにした。

急いだせいで、走り書きになってしまったが、なにも言わずに姿を消すことはできなかった。

手紙を折り畳んで、赤い靴の左足と一緒にベッドに置いた。シルヴァの手に取ってもらえるように。

過去、シルヴァは歪んだ愛情を持った母に育てられた。城を逃げることはできなかったが、母の死によって、厳しい愛情の枷は外れた。そして、華やかで凛々しくも、度を超した愛情を持つシルヴァに育った。

クレアも、あのときのシルヴァと同じように行き過ぎた愛情に縛り付けられている。

――わたしは死ぬことはできないけれど、ここを出ていくことでシルヴァ様と新しい関係を始めたい。自分勝手な考えだとわかっている。でもきっと、シルヴァ様ならわかってくれるはず。

追ってきてほしい――そんな気持ちを込めて。

(シルヴァ様にちゃんと愛していると伝えて、いまみたいなことは終わりにしたい。そのためには、わたしも、あの方も最初からやり直さなければ)

シルヴァから逃げるのかと考えると罪悪感がこみ上げてくるが、ここにこのままいたところで、事態は変わらない。

それどころか、いつかほんとうにシルヴァに壊されてしまって、この関係は悲しい結末を迎えてしまうだろう。

「クレア？　その靴はなに？」

「わたしの――シルヴァ様がもしもほんとうにわたしの王子様だったら、きっとこれを持って追いかけてきてくれると思うの」

「まるで物語みたいね」

リエルが微笑み、クレアの手をしっかり摑んだ。

「さあ、行きましょう。外に馬車を待たせてあるわ」

クレアは部屋を見回し、そこかしこに残っているようなシルヴァの香りを吸い込み、

「はい」と頷いてリエルの手を握り返した。

＊＊　＊＊　＊＊

その夜、遅くになってから地下室を訪れたシルヴァは、ベッドに置かれた片方だけの赤い靴を手にし、茫然とあたりを見回した。

クレアが、逃げた。

とうとう、この手から逃げ出してしまった。

誰が手引きしたのか、だいたいの見当はついているが、問い詰める気力もない。

ここ最近、地下室には頻繁に通っていたから、使用人の誰もがシルヴァとクレアの身を

案じていたのだろう。

力なくベッドに座り込み、まだクレアの香りが残っている枕に頬を擦り付けた。

ここで幾度、彼女を抱いただろう。

何度も喘がせ、泣かせ、請わせたのに、シルヴァは満足するということはなかった。

抱けば抱くほど、執心と焦りが募り、頭がおかしくなるのではないかとすら思ったほどだ。柔らかで温かいクレアの身体を貫くたび、――これは僕だけのものだと言い聞かせ、クレアからも、『わたしはシルヴァ様だけのものです』と言わせないと、彼女の首に手をかけてしまいそうだった。

「……ほんとうに死んでもおかしくなかった……」

彼女があまりにも従順で、なんでも言うことを聞いてくれていたから、依存しきってしまった。

戦が終わり、少しずつすべてのものが正常に戻っていくなかで、けれどシルヴァは不謹慎にも、退屈だと感じていた。

けっして、戦が好きだというのではない。そして、退屈と感じられるということは、平和が戻ってきたという証拠でもある。

（僕も母の血を引いている。愛した者をどうしても痛めつけてしまいたくなる。普通に、穏やかに愛することはできない。そばを離れさせたくなくて、ひどいことをしてしまいたくなる。僕と母は親子だったから仕方ないかもしれないが、他人であるクレアは僕の欲のすべてを受け止めるのはさぞかしつらかっただろう)

もともと好戦的で執着的な性格を潜めているシルヴァは、気位の高いクレアを手中に収め、さまざまな手を使って貶めてきた。拘束具や貞操帯も彼女のためだけに作らせたのだ。

(もう、髪も、足の指も、手の爪すらも僕のものだと思っていたのに)

そう思っていた矢先に、逃げられた。

クレアは裏切ったのだろうか。人形のようなふりをして最後の最後に自分を出し抜いたのだろうか。

「……違う。クレアはそんなことはしない」

踵の高い赤い靴を見つめた。

仮面舞踏会の夜、クレアが履いていた靴だ。

これを履いて、腕の中で愛らしく踊ったクレアが忘れられない。

クレアは赤い靴と一緒に、手紙も置いていった。

別れに際し、ひどい言葉を投げつけられるのだろうかと内心怯んだが、勇気を振り絞って便せんを開いた。

『――愛するシルヴァ様。黙ってここを出ていくことをお許しください。奴隷としてあなたに買われたはずなのに、わたしは、いつしかあなたを愛するようになっていました。慰み者になってしまってもいい、そんなふうにも思ったことがあります。ですが、あなたに深く溺れていくほど、シスルナの王女としてどうなのか、と自分を苛む日もありました。国はすでに占領されているのだから、なにをどう思っても無駄なことだと笑うひともいるかもしれません。ですが、わたしは最後までシスルナの人間でありたい。奴隷の身分であなたを愛してしまった己の愚かさを悔いていますが、これから先の日々は少しでも前を向いて、シスルナのため、そして、あなたを愛したことは正しかったことだと胸が張れるような日々を送っていきたいのです。いつまでも、あなただけを愛しています。クレア』

「……クレア……」

愛している、と何度も書いてくれた彼女の誠実さに、不覚にも涙が零れそうだ。

わざわざ靴の片方だけを置いて出ていったというのは他でもない、――追いかけてきてほしい、彼女はシルヴァにそう言っているのだ。

靴は片方だけでは役に立たないのだから。

きっと、ここを出るときだって、寸前まで迷ったはずだ。

シルヴァには彼女の心の機微がわかる。彼女が意識しているよりも、ずっと見てきたから、誰かと一緒にここを出る直前まで、出ていくべきなのかと逡巡したはずだ。

「……さすがは、僕の愛したクレアだ。美しいだけじゃない。ただ従順なだけの人形でもない。勇気のあるひとだ」

死をもってすべてを終わらせるのは簡単だが、できることなら、クレアと一緒に、もう一度生まれ変わった気分で、さまざまなことを慈しんでみたい。

いまなら、そう思う。

地下室に閉じ込めて犯し続ける日々に、シルヴァは慢心し、溺れきっていた。

その半面、いつかクレアが逃げ出すのではないかと、心のどこかで期待していた。

事実そうなって、見事にしてやられたと声を上げて笑い出したい気分だ。

しかも、怯えて逃げ出したのではない。

彼女なりの想いを残し、シルヴァが追いかけてきてくれることを信じて、ここを去ったのだ。

最初から、聞き分けのいい人形が欲しいのではなかった。

たとえ奴隷でも、羞恥心と気品、そして昔ながらの優しさを失わないクレアこそ、シルヴァがずっと求めていたものだ。

クレアを愛しすぎて自分の中から生まれる執心に囚われ、ずっと靄の中を彷徨っていた気分だったが、いまようやく、新たな気持ちで歩き出せそうだ。

「もう一度きみを手に入れて、はじめからやり直すことができたら……クレア、僕はやっぱり君に参りそうだよ」
赤い靴を携え、シルヴァは立ち上がった。

第九章

「クレア、シチューの味はどう？」

「とても美味しい。リエルってお料理上手なのね。私も見習わなきゃ。お料理は誰から教わったの？」

「お母様たちや使用人から少しずつ。ヘイズワースのお父様もお母様もお料理好きでね、お休みの日にはみんなでじゃがいもやにんじんの皮を剝いたりするの」

「いいわね、とても家庭的で」

城から逃げ出してきて、約一週間。

すっかりくつろいだ気持ちで、クレアはヘイズワース家の台所で、夕食の支度をするリエルを手伝っていた。

伯爵家であるヘイズワース家は家令をはじめ、多くの使用人を抱えているが、『それぞれ、家でのんびりしてきなさい』とヘイズワース伯爵みずから、一週間の休みを取らせていた。

その間、家のことは奥方とリエルがこなすわけだが、普段から家のこまごましたことが大好きなリエルは進んで台所に立ち、皿洗いも上手にこなしていた。

クレアも喜んで手伝い、初めて、年頃の娘らしい毎日の過ごし方に楽しみを見いだしていた。

王女として暮らしていた頃も、シルヴァのもとにいた頃も、こういう穏やかな時の過ごし方はなかった。

朝早く起きて軽く身繕いし、食事をしたら部屋の掃除をし、刺繍や繕い物といった針仕事をする。

簡単なお昼のあと、大きな木が植わっている気持ちのいい裏庭でリエルとふたりでお茶を楽しむ時間が、クレアはなにより好きだった。

ふたりで甘いお茶を飲みながらとりとめのない話をした。これまでに起きたこと、お互いの過去の話、いくら話しても話題は尽きなかった。

ヘイズワース夫妻は今夜、観劇に出かけているので、夕食はリエルとクレアのふたりで作っている。

もうあと小一時間もすれば、夫妻が帰ってくる。

クレアは、といえば、シルヴァの城にいた頃、彼の身の回りの世話をしてきたが、料理はエルダたちに任せていたため、台所に立った経験はない。

（――もしも、シルヴァ様が来てくださらなかったら）

そうなったら、独り立ちしなければいけないのだから、たくさんのことを学ばなければ。

不安でたまらないクレアの心中がわかるのか、シチューを掻き回しているリエルが微笑みかけてくる。

「シルヴァ様のことを考えているの？」

「ええ。城を出て、一週間経つわ。どこに行くと書き残さなかったせいもあるけど、……シルヴァ様は、もうわたしを必要とされていないのかもしれない」

「そんなことないわ。きっとシルヴァ様はあなたを迎えに来る」

「どうして断言できるの？」

「あの仮面舞踏会で、シルヴァ様はクレアしか目に入っていなかったもの。たまたま、シルヴァ様がおひとりになったとき、大胆にもダンスの相手を申し込んだ女性がいらしたのね。少し気が強そうだったけれど、とても美しいひとだった。だけど、シルヴァ様は『私には大切な連れがいるので』と丁重に断られたのよ」

「そんなことがあったの？　全然気づかなかった」

「私、それを見かけたとき、ああ、この方はクレアだけをほんとうに愛していらっしゃるんだって……直感でわかったもの。連れといえば、クレアだったでしょう？　以前の舞踏会でも、大切な方がいるからとダンスを断った話をしたでしょう？　シルヴァ様にとっては、あなたはずっと大切なひとなんだと思うわ」

「方便、ってこともあるわ。たまたま、その方を断るのにそう言っただけかもしれないし……」

「そうかしら。だって、そのあとも、シルヴァ様は何人も女性に声をかけられたのよ。その全部に、『大切な連れが待っているので』とお答えになっていたけれど、それが方便？本心だと、私は思うけれど。……ああ、王女と王子の恋だなんて、ほんとうに物語のようで素敵だわ」

シチューを掻き回す手を止めて、リエルはうっとりしている。

「もう、リエルったら。シチューが焦げてしまうから」

「あっ、大変」

慌ててシチューを掻き回すリエルと、一緒になって笑ってしまった。

伯爵家とはいえ、リエルはのびのびとしており、羨ましいかぎりだ。

ヘイズワース家の爵位を守るためにも、いずれはリエルも誰かと結婚するのだろうが、穏やかな気質であるヘイズワース家なら、きっと幸せになるに違いない。

「……わたし、あなたが羨ましいわ、リエル」

「私が？　どうして？」

「お互いに事情があってホフマンさんの館で売られたけれど、あなたはこんなに温かい家庭にいる。わたし自身、シルヴァ様に買われたことに不満はないのだけれど……穏やかさとは無縁だわ。だって、あの方との毎日は、落ち着かなくて」

「どきどきして」

シチューを掻き回しながら、リエルが楽しげに言う。

「夜も、なんだか眠れなくて」

「シルヴァ様がいつ忍んでくるかはらはらして」

「……もう！　からかわないで！」

おどけた口調のリエルに怒ってみせたけれど、「……でも、そうね」とクレアも笑い、認めざるを得なかった。

「シルヴァ様と一緒にいると、いつもどきどきするの。たいていの方にはにこやかに振舞うけれど、わたしには不機嫌な顔を見せたり、拗ねてみたり、甘えてくださったり。そういうところがすべて愛おしいと思うの」

「堂々とのろけられてしまったんじゃ、返す言葉もないわ」

くすくすと笑い合っていたそのとき、ヘイズワース夫妻が帰ってきた。

クレアたちは急いで玄関に向かい、ふたりを出迎えた。

「ただいま、リエル、クレア。とても楽しくて素敵なお芝居だったわ」

「いい匂いだ。ふたりで作ってくれたのかな？」

華奢な奥方と伯爵にリエルがキスをし、ふたりもクレアの頬に優しいキスをしてくれる。親愛のこもるキスは久しぶりで、とても温かで、嬉しくなる。

「クレアはすっかりうちになじんだようね。このままずっとふたりがいればいいのに」

着飾った奥方が笑顔で言い、「ありがとうございます」とクレアも控えめに微笑んだ。

「……もしも、ゆくあてがなくなったら、ここの使用人として雇ってください。どんなことでもしますから」

「まあ、あなたはもっと幸せになるべきよ」

謎めいた微笑を浮かべる奥方が、かたわらの伯爵を見上げて、「ね？」と言う。

「ああ。誰よりもつらい思いをしただろうクレアに、今夜はとびっきりのプレゼントがあるんだよ」

「プレゼント、ですか？」

不思議に思って首を傾げた。

伯爵が脇によけ、うしろに隠れていた人物が一歩前に踏み出して、灯りの中に入ってくる。

「――クレア」

目の前に現れた男性は、夜に隠れるかのような黒の外套を羽織って小箱を脇に抱え、市井の者と見せかけるように地味な色のトラウザーズに上衣、シャツといった簡素な服装をしている。

艶やかな蜂蜜色の髪や、玄関の灯りを弾けて輝く琥珀の瞳は、クレアが夜ごと夢にまで見たそのひとだ。

「……シルヴァ様……！」

視界に映るものが信じられなくて、何度もまばたきした。

「どうして、あなたがここに……？」

「きみを迎えに来たんだ。出ていかれて、いろいろなことを考えて、反省した。僕はきみにひどいことをたくさんしたね。……もう、会いたくないと言われるかもしれないと思ったけれど、どうしても――どうしても、忘れられなくて」

いつもの自信たっぷりなシルヴァは影を潜め、どことなく臆した表情だ。目の前にいるクレアに嫌われまいと慎重に言葉を選んでいるのがわかる。

「悩んだ末に、侍女のエルダに話を聞いてもらったんだ。『僕の我が儘で、大切なひとが逃げてしまった』と。エルダからは小言をもらったけど、きみがヘイズワース伯爵家にお世話になっていると教えてくれた。『今度こそ、抱き締めたら離さないように』とアドバイスもらったよ。それで、今夜、観劇の最中にヘイズワースのおふたりに声をおかけして、ここまで連れてきてもらったんだ。いろいろと政務もあったから、謝罪が遅くなってしまって、ほんとうにすまない」

「謝罪だなんて、そんな」

自然と涙が溢れるクレアの前に、シルヴァが立つ。

そして、脇に挟んでいた小箱を目の前で開けた。中には薄紙に包まれた、片方だけの靴が入っている。

「僕の奥方になるひとには、この靴がぴったりのはずだ」

「まあ、クレア……！」

嬉しそうな声を上げるリエルが背後から腕をそっと摑んでくる。クレアは急いで自分の衣服を収めている戸棚から靴の右足を持ってきて、シルヴァの前に置いて履いた。

シルヴァが跪き、あの赤い靴を床に置く。そして、クレアの左足をそっと両手で包んでくれた。

「僕のこの両手が、クレアを一生守る靴になることを誓うよ」

「シルヴァ様……」

ヘイズワース伯爵も、奥方も、リエルも目を輝かせて見守る中、クレアは置かれた赤い靴の左足にもそっと爪先を入れる。

ロマンティックな一致に、リエルたちが嬉しそうな声を上げた。

両足とも、美しい赤い靴に包まれている。シルヴァがクレアのためだけに誂《あつら》えた、少し窮屈だけれどぴったりの一足だ。

「ああ、やっぱり似合う。きみは、ずっと昔から僕だけの愛しいひとだ……！」

どこかしら涙を滲ませた声のシルヴァに強く抱き締められ、クレアも逞しい背中に何度も抱きついた。

王子であるシルヴァみずから迎えに来てくれたことが、なにより嬉しい。

彼を必要としているひとは国内外でもたくさんいるだろうに。貴重な時間を割いて来てくれたことが、ほんとうに嬉しい。

「わたしのほうこそ勝手に出ていって申し訳ありませんでした。シルヴァ様が好きなのに……自分の心に背くようなことをして」

「不安にさせたのは僕のせいだ。勝手気ままに振る舞い、きみを傷つけたのは僕だ。でも、幼い頃から――いや、舞踏会の夜から、クレア、きみはずっと僕だけの女神なんだ」

「舞踏会の、夜？」

「知りたいかい？」

見つめてくるシルヴァが顚をつまみ上げ、顔を傾けてくるところへ、いささかわざとらしい咳払いが割り込んだ。

見れば、困惑顔のヘイズワース伯爵と耳まで赤くした奥方とリエルが所在なげにしている。

それを見てシルヴァはいたずらっぽく微笑む。

「ヘイズワース伯爵も、その昔、奥方の心を射止めたときは男らしい行動に出たと聞きます。ここで僕がクレアにキスをすれば完璧だとは思いませんか？」

「シルヴァ様……！」

恥ずかしさにクレアはもがいたが、頑丈な腕から抜け出すことはできない。

「完璧だとは思いますが、うちの娘のリエルには少し刺激が強すぎるかと。あなたが、もしもそれ以上なにかしたいというならば、ご命令いただかなければ」

「――それでは、フロイランの第一王子として命じます。ヘイズワース伯爵、奥方、それにリエル、僕がクレアにキスをする間、少しだけうしろを向いていていただけますか」

真正直な言葉に、伯爵やリエルたちがいまにも笑い出しそうな顔でうしろを向く。

クレアも、困りながらも微笑んでしまう。

こんな我が儘を押しとおしてしまうのもシルヴァの魅力だ。

もう一度、シルヴァが顎をつまみ上げる。クレアも素直に顔を上げた。彼に心を捧げたいと、ずっと願っていたのだ。

「クレア、愛している。――今度こそ、離さない」

「はい。シルヴァ様。わたしも、あなたを……愛しています」

互いにしか聞こえないような声で誓い合い、どちらからともなく、くちびるを近づけていった。

＊＊　＊＊　＊＊

リエルとはまた会う約束を交わし、ヘイズワース家の馬車を借りて、ふたりは夜のフロイランの城へと戻ってきた。

白亜の城は、昼間に見ると威厳があるが、夜はまた打って変わり、幻想的な雰囲気だ。

「初めて――ここに来たときは、なにもわからずに不安で胸がいっぱいでした。シルヴァ様のことも、まだ全然わからなくて……」

「いまは？」

遅い時間なので、城の裏口で馬車を降りるときでさえ、手を差し伸べてエスコートしてくれるシルヴァに、クレアは微笑んだ。

「あなたは生まれながらにして王子です。それは、誰にも変えることはできません」

「それならクレア。きみも、生まれながらにして王女だよ。優しくて気高い心に、僕は何度も救われた。幼い頃にもね」

家令の目を盗んで手を繋いで足音を潜め、シルヴァの寝室に入ったところでふたり、ほっとため息を漏らして笑い合った。

「……ずっと昔、二度、きみと僕はとある舞踏会で出会ってるんだ。覚えてない？」

「シルヴァ様と、わたしが？」

シルヴァに手を取られ、窓辺にあるソファへと並んで座った。フロイランの城は湖畔の前に建っている。

シルヴァの部屋からは、白い月に輝く美しい湖面が見えた。

「一度目は、きみがまだやっと三つか四つになった頃だと思う。僕は父に連れられて、きみの城で開かれていた宴へと行った。途中、父は知り合いと戦の話で盛り上がってしまって、僕は放っておかれた。そんなときだよ、きみが駆け寄ってきて、僕に甘いお菓子をくれたのは」

「……夢に、見たことがあります。あれはシルヴァ様、あなただったのですか」

「ああ、僕だよ。運命は僕たちを結びつけていたようだね。二度目は、きみのお母様の誕生日を祝う宴だった。僕はその頃から、戦好きの父の右腕として、親善を深めるために各地を回っていた。だが、舞踏会から舞踏会へ渡り歩くのはわずか十四、五歳の僕にもきつかった。おかげで、ときどき、熱を出してしまってね」

「ああ、……もしかして……！　わたしが煎じ薬をお渡しした……あれもシルヴァ様だったのですか？」

覚えがある。

年若いながらも見目麗しいひとは、何度も夢に出てきてくれたのだ。

「……わたしの膝に頭をお乗せになっていましたね。お背中を撫でて差し上げたこと、覚えています」

「髪も撫でてくれた。恥ずかしいことに、あんなふうに優しくされたのは初めてだったんだ。母にも愛されていたかもしれないが、前にも言ったとおり、風変わりな母だったんでね。きみのことが、ずっと忘れられなかったんだよ。見も知らぬ僕に親切にしてくれたクレア、きみの国にヴァルハーサが侵攻し、城が落ちたと聞いたときは生きた心地がしなかった……」

「もっと早く言ってくだされればよかったのに……！」

クレアを何度も抱き締めるシルヴァから、まっすぐな愛情が伝わってくる。

なぜ、もっと早く過去のことを思い出さなかったのだろう。

初恋ともいえるひとがシルヴァだったと気づいていれば、物事はもう少し穏やかに進んだかもしれないのに。

「わたしが昔のことを早くに思い出していれば、シルヴァ様への気持ちも、もっと素直に伝えられたのに。好きだってもっと早く言えたのに。ごめんなさい」

焦れったく言うクレアに、シルヴァが笑って、「いいんだよ」と優しく髪を梳いてくれた。

「僕のほうこそ謝らないといけない。きみの気持ちをきちんと聞くこともせず、独りよがりな想いばかりを押しつけてしまった。これまでのことは……ほんとうに、どうしたらきみに許してもらえるのかわからない。奴隷として買い取ったのは、ヴァルハーサや他国からきみを守りたかったためだ」

「ええ、わかっています、シルヴァ様。わたしは、あなた以外のひとに買われていたら、いま頃生きていられたかどうか」

「……きみを愛する気持ちを諦めることはできないんだ。償いならいくらでもするよ。だから、もし、叶うなら、もう一度、そばにいることを許してほしい」

「シルヴァ様……」

真剣な表情と言葉に身体が震える。

奴隷として買われ、ひどいこともたくさんされたけれど、ふとしたときに見せるシルヴァの優しさや強引さに惹かれていった自分がいたことは否めない。

彼に迎えに来てほしくて、赤い靴を置いていったぐらい、シルヴァが好きなのだ。

「いままで、……わたしの立場が立場だったので、引け目もあって、あなたの言葉を信じられずにいたときもありましたが、いまは、シルヴァ様を愛していると言えます」

顔をまっすぐ上げて、シルヴァを見つめた。

「あなたを不安にさせてしまったことを許してください」

「少し遠回りをしてしまったけれど、きみは僕のものに、僕はきみのものになれたんだから、これでよかったんだよ」

「はい。シルヴァ様、あなたはわたしの初恋のひとです」

「ああ。僕にとっても、クレアが初恋だ」

ベッドに誘いながら、シルヴァがそっとくちづけてくれるのを、はにかみながら受け止めた。

「……もう一度、きみに触れることを許してくれるかい？」

「……はい」

最初は軽く、くちびるの表面を重ねているだけだったが、「……物足りない」と囁くシルヴァが顎を押し上げてとろりと唾液を伝わせてくる。

嬉しそうに笑うシルヴァが再びくちづけてくる。甘くて濃いくちづけを受けるのは久しぶりのことで、クレアもおずおずと舌を絡めて応えた。

「ん、……んぅ……っ……ぁ……ん」

上顎を長い舌でくすぐられ、背筋が震えるほどの快感が襲ってくる。

いつの間に、こんなにも敏感になったのだろう。シルヴァの指、舌が辿るところはどこもかしこも熱くなってしまう。

「これを履いていたんだね。嬉しいよ」

ベッドの縁に並んで座った。

赤い靴の次にシルヴァが気に入っている、スエードでできた編み上げの靴を、クレアは履いていた。

これも踵が高いのだが、見た目はとても美しい。

編み上げ靴だから舞踏会といった晴れの場には履いていけないが、ヘイズワース家に居候させてもらっていた間、何度か町に履いていき、賞賛の視線を浴びたものだ。

「だいぶ、革が馴染んできましたから、履きやすくなりました。町でも褒めてもらうことが多くて……ぁ、シルヴァ様、なに、……っ?」

シルヴァに右足を摑まれて高く掲げられ、バランスを崩したクレアはベッドに倒れ込んでしまう。

ヘイズワース家で着ていた灰色の清楚なドレスは膝下丈だが、それが大きくめくれて下着があらわになってしまう。

「――綺麗な足だ。きみの足にどうしてこれだけ夢中になっているか、そのきっかけをまだ話していなかったね」

うっとりと呟くシルヴァが編み上げの紐の先端を咥え、軽く引っ張る。

解こうとしているのはわかるが、まさか口でするなんて思わなかった。

「さっき話した僕たちの出会いになった舞踏会で、きみが水を持ってくるため広間に駆け戻ったとき、ほんの一瞬、ドレスの裾がめくれて綺麗な足が見えたんだ。あのときから、僕はクレアの足の虜だ」

「わたし、……どんなに窮屈な靴でも履きます。そして、生涯あなたのそばにいると誓います」

「クレア……！」

ふくらはぎまでくちづけられ、顔中が火照ってしまう。

「シルヴァ様、紐を、解くのは指で……っぁ……！」

言うことを聞いてくれないシルヴァは右足を締め付けていた紐を口で引っ張り、するりと解く。

それから、クレアにも見せつけるように踵の高い靴を脱がせて、薄絹の靴下も引っ張って脱がせていく。

とうに熱くなっている素肌に、ちゅっと甘くくちづけられた。

しまう。

踝も、踵も、足の裏にまでキスされて、くすぐったさと羞恥と嬉しさに身体がよじれて

もう片方もすぐに脱がしてくれるのだろうと考えていたが、シルヴァは間近で笑う。

「やっときみを手に入れたんだよ。少しぐらい愉しんでも罰は当たらない。もう、あんまり苛めたりしないから」

「……なにを……?」

ドレスとドロワーズを脱がされて、シュミーズ姿になったクレアが無意識に胸の前で手を交差させると、シルヴァが微笑み、「そこ、好き?」と問いかけてくる。

苛めたりしない、と言った先から、シルヴァは淫らな言葉を口にする。そうしてクレアが恥ずかしがる姿が見たいのだろう。

「クレアは、僕に胸を弄られるのが大好きになったんだよ。自分の指を僕の指だと思って、弄ってごらん」

「な……っ……!」

「その間、――僕はこっちを舐めてあげるよ」

左足は靴を履かせたまま、クレアの秘所に顔を埋め、シルヴァは熱い舌で秘裂を縦に舐め上げる。

「あ、あっ、……や……ぁ……っ」

甘く蕩けてしまう声が恥ずかしいのに、止められない。

くちゅくちゅと花芽を舐めしゃぶるシルヴァの頭を押しやりたいのか、それとも、もっとしてほしいのかわからなくて、抗いも曖昧になってしまう。

敏感な花芽を愛撫するのはシルヴァも気に入っているらしい。舌で蜜ごと花びらをじっくり味わったあと、ちゅっ、と花芽を甘く吸い上げ、舌先でつんつんとつつかれるだけでも、クレアは軽く達してしまう。

「ほら、早く弄ってごらん。僕をそそるように弄らないとやめてしまうよ」

閨の中ではとくに意地悪になるシルヴァにそそのかされ、怖々と胸の谷間を締めている細いリボンを解き、零れ出たふくらみの尖りを震える指先でつまんだ。

「あ、……ッ、ん……！」

ぴりっと電流が走り抜けるような快感に身体が跳ねてしまう。

硬くしこった乳首をつまんだ瞬間、シルヴァが花びらを指でなぞるのだから意地が悪い。けれど、続けなければやめてしまうと言われ、クレアは熱に浮かされたように尖りを捻ったり、揉み込んだりした。

「は、ぁ……っ、ぁ……、シルヴァ、様……っ……」

「なに？　もっと舐めてほしい？」

「そう、ではな、く……て……」

花芽を舐められると気が狂ってしまうほどに気持ちいいのだが、なぜだか胸を自分で弄ってもシルヴァがしてくれるようにはならない。

小声でそう言うと、シルヴァが破顔一笑した。

「わかった。クレア。僕の愛撫にそんなに夢中になってくれて嬉しいよ」

「ちが、……！　……っ……いえ、……その、……そう、です」

顔を真っ赤にしながらも認めると、左足の靴も脱がせ、自身も服を脱いだシルヴァが覆い被さってくる。乳首を口に含んで吸い上げ、濡れきった秘部に指を埋め込んで巧みに動かす。

とたんにめくるめく欲情に呑み込まれ、クレアは、鋼のようなシルヴァの肢体の下で身悶えた。

「あ、あぁっ、ん、……っ……気持ちいい……」

ちゅぷちゅぷと溢れ出る蜜がシルヴァの指を濡らしてしまうのが恥ずかしい。乳首もふっくらと硬く尖り、シルヴァが噛みやすくなっている。

「噛んだほうがいい？」

「ん、——……っぁ、あぁっ、……！」

「ああ、真っ赤で可愛い。きみのここ、ずっと吸っていたいよ。美味しい蜜が出てきそうだ。もっと胸を弄ってほしい？」

「ん……う……」

「言わないとやめてしまうよ」

「……っ、いじって、……ください……」

息も絶え絶えに頼み込むと、シルヴァが形のいいくちびるの端を釣り上げる。

「どこを？」

「いじわる……っ」

「そうだよ。きみが好きすぎるあまり、ちょっとだけ意地悪をしたくなるんだ。そんな僕は、嫌いかい？」

「……好き、です」

彼の胸を叩いて逃げ出したいが、そうするには、身体中を甘やかに蕩かされてしまっている。

もう、どこにも逃げられない。逃げたくない。シルヴァの腕の中で蕩けてしまいたい。

「シルヴァ様、に、……胸、いじって、ほしいです、……」

「いい子だね。いっぱい弄って、舐めて、吸ってあげるよ。きみがおかしくなってしまうぐらいに」

重みのある乳房を揉みしだき、舌先で淫らに乳首をこね回していたシルヴァが、きゅうっとそこを食んでくる。

同時に蜜壺の中に挿し込んでいた指を三本に増やし、じゅくり、と卑猥な音が響くほどに動かしたことで、蜜がとろとろと溢れ出す。

「あ、あ、いや、……もぉ、……っシルヴァ、さ、ま……いっちゃう、っ……」

「何度でもいかせてあげるよ」

絶頂の瞬間、シルヴァのキスで蕩かされ、もうなにも考えられない。

情欲の火がついた身体はなかなか冷めないのだと、シルヴァもクレアも知っている。

クレアを抱き起こし、ベッドに座ったシルヴァはその細腰を摑んで、潤みきった秘裂に、そそり立つ己のものをゆっくりと埋め込んでいく。

「シルヴァ、様……ぁ、っぁ……深、……いっ……」

「きみの中に挿っていくのが……よくわかる。熱くて……蕩けそうだ」

くすりと笑うシルヴァに羞恥を覚えたものの、ずぶずぶと下から貫かれた状態では逃げることもできない。

それどころか、自分の重みでよりシルヴァを深く受け入れてしまう。

いつもならあまり届かない奥の秘膜すら、シルヴァの硬いものでごりっと擦られた。

気持ちいいという感覚を超え、シルヴァに揺すられるまま、クレアも焦れったく腰を動かした。

「……奥まで、シルヴァ様が、いっぱい、……挿ってます……」

「クレアの中がねっとりした蜜で溢れているからだよ。でも、もっと奥まで挿りたいんだ。……きみのいいところを、掻き回してあげるよ」

火照る襞を肉棒で刮《こそ》げられるような動きがたまらなく感じてしまう。

ぎりぎりまで引き抜かれ、啜り泣きながらクレアがシルヴァに抱きつくと、張り出した先端がぬぷんっと、狭くて熱く湿った膣を犯していく。

「あっ、んあっ、シルヴァ、さま、中、……ぐちゅぐちゅ、擦ったら、いや、っぁ、っ」

「ふふっ、腰を振っている姿は最高にいやらしくて愛らしいよ、クレア。……いっそこのまま、孕ませてしまおうか」

「ん――ん、っ、あっ、あ、っん、っ」

乳首をねろりと口に含まれながら、ずちゅ、ぬちゅっと激しく突き上げられ、激しい絶頂にいくつもの眩しい光が瞼の裏で弾ける。

クレアが達したことを知ると、熱いその身体を組み敷き、シルヴァが雄々しいもので激しく穿ってくる。

「シルヴァ、さま……っ」

真剣な顔で抱いてくれるときのシルヴァが心から好きだ。

このひとについていきたい。幸せにしてあげたい。そして、添い遂げたい。

孕ませてしまおうか、という言葉を本物にするかのように、尽きぬ愛情をクレアに伝えるために、シルヴァは繰り返し突き上げた果てに、どくっと熱い精をほとばしらせた。

「あっ、は、——あぁっ……」

「クレア……愛してる、きみだけを愛してる」

クレアの中で射精している間も、はめ込んだまま、内側でびくっと跳ねているシルヴァ自身が愛おしくて、クレアは両手を伸ばして首に抱きついた。

「……髪も、爪も、両手も、両足も、わたしのすべては、あなたのものです」

「僕は、もうとっくにきみのものだよ」

甘く微笑むシルヴァが、繋がったまま顔中にくちづけてくる。

くすぐったさに小さく笑うと、シルヴァを刺激してしまうようで、汗が滲んだ額を拭いながらシルヴァが顔を顰める。

その男らしさに胸を疼かせ、クレアからすがりついた。

これから先も、ずっとずっと、好きでいる。愛している。命が尽きる、その瞬間まで。

「もうクレアを食べていいの？　ちょっとぐらいは休ませてあげようかと思ったのに」

耳たぶを囓りながら、シルヴァが囁いてきた。

身体の最奥で、むくりと大きくなるシルヴァ自身に、甘い吐息が零れてしまう。

「……だってわたし、シルヴァ様が、大好きだから、もっと……欲しいです」

「……きみは僕を参らせる唯一のひとだよ。昔からずっと、最高の姫だ」

「シルヴァ様ったら……奴隷だった頃のわたしは、もういいのですか？」

「僕のほうがきみの奴隷なのかもしれないな。こんなに身も心も奪われている」

シルヴァの甘い囁きに、クレアはくすくすと笑い、まだ熱い身体を擦り寄せた。

「赤い靴があんなに似合うのはきみしかいないよ」

再び、シルヴァがクレアを抱き締めて緩やかに動き出す。

時を忘れて愛し合う恋人たちを見守るかのように、窓の外では、白い月が美しく輝いていた。

第十章

そのペンダントの仕掛けに気づいたのは、クレアがシルヴァの元に戻った翌日のことだった。

隣で眠っているシルヴァを起こさないようにベッドを下り出て、バスルームで湯を浴び、鏡を見ながらすっきりした身体にいつものペンダントをつけようとした。

国を出てからずっと持っていたペンダントをじっくりと見たのは、久方ぶりだ。

楕円形のペンダントには蓋がついていて、中には両親の写真が入っている。

郷愁に駆られ、久しぶりに蓋を開けてみると、写真ではなく、小さく折り畳まれた手紙が入っていた。

「これは……」

洗面所で驚いているクレアに気づいたのだろう。シルヴァが起き出してきた。

「どうしたんだい、クレア?」

「お父様たちからの手紙が……」

震える声で言うと、シルヴァが肩を抱き寄せ、支えてくれた。

「向こうに行って、明るいところで読んでみよう」

寝室の窓際に置かれたソファにクレアを座らせ、シルヴァみずから熱いお茶を淹れてくれた。気分を落ち着かせようとしてくれているのだろう。

甘い紅茶を半分ほど飲んだところで、ようやく跳ねていた鼓動も落ち着いてくる。

小さく小さく折り畳んだ手紙には、両親からたったひとりの愛する娘を案じる言葉が連ねてあった。


『――愛おしい我が娘、クレアへ。これをあなたが読む頃はシスルナに異変が起こり、わたしたちはもうこの世にはいないということでしょう。ですが、どうか嘆かずに。わたしたちは、シスルナの王女であるあなたを最後まで愛し、守リ抜くことを神に誓ったのですから。これを読んでいるあなたがどうか幸せであるように、大切なことを伝えます』


両親の偽りのない想いが伝わってきて、涙が零れる。

シルヴァが隣に座り、肩を優しく抱いていてくれていた。

続く文字を、シルヴァにも聞こえるように読み上げた。

「――森から山を七つ越えた城の湖面に三日月が沈む夜明け、その先が差す場所に光あり」

「それは？」

「たぶん、両親たちが最後まで秘密にしていた、ダイヤモンド鉱山の在処です」

「ほんとうにあったのか……」

シルヴァが目を瞠る。

どこよりも品質の高いシスルナのダイヤモンド鉱山は、幻と言われていたのだ。

「わたしのいたシスルナの外れにある森から七つ山を越えれば、ここフロイランのとある場所に辿り着きます。城の前にある湖に三日月が沈む明け方、三日月の先端が差す場所に鉱山がある――そういう意味だと思います。わたしたちの国は領土内で地下道を掘り、それをいくつも繋げて遠い場所に眠っているダイヤモンドを産出してきました。ですが、ここに記された場所は、シスルナではなく、フロイランの領土の中にあるものです」

クレアが少し考え込む顔をする。

「これは憶測なのですが……たぶん、父は、この場所を見つけたことをフロイランにいつかお伝えするため、ペンダントに手紙を入れてわたしにくれたのだと思います。フロイランとは昔、戦が起きる前に親しくしていたと父から聞いたことがあります」

「そうだね。僕も何度かきみの国の宴に行っている。……クレアはシスルナ王家の血を引く最後のひとりだ。これはきみの心次第だが、王家を再建するなら、そのダイヤモンド鉱山を復興の足がかりにすべきだ」

「いいのですか？　フロイランの領土にあるものなのに」

「僕の判断だけで、いい、とは言えないが、父にも話してみよう。クレア、きみと僕の将来についても、父に話したいんだ」

なにかを決意したかのようなシルヴァとともに身繕いし、少ししてからシルヴァの父であるフロイラン国王と会った。

話に聞いていたかぎりでは、もっと獰猛なひとなのかと思っていたが、意外にも落ち着きのあるひとだった。

「あなたがシスルナの姫か」

親しい者だけが入れる部屋で、フロイラン国王はクレアを見るなりうっすらと涙を浮かべた。

そのことに、シルヴァが驚いた顔をしていた。そばにいた皇后、義理の弟であるステアも、王の涙に目を瞠っていた。たぶん、国王の涙を見たのは初めてなのだろう。

「あなたの国にはすまないことをした」

手で目元を隠していたが、国王の頬に伝い落ちていたのは確かに涙だった。

「シスルナの王とは、幼なじみのようなものだった。遥か昔、とある場所で、未来の王たる教育を受ける場所で、あなたの父と知り合ったのだよ。私たちは、いい友人同士だった。大人になってからも文のやり取りはしていたが、戦が始まる頃にはすべてが変わってしまった。個人のつき合いではなく、国の未来を考えた私が、ヴァルハーサと同盟を結び、間接的にでもシスルナを滅ぼしたことを、きっとあなたの父王は恨んでいるだろう」

思いがけない話に、皇后も、シルヴァも、クレアも言葉を失した。まさか、こんな想いを国王が胸に秘めていたとは知らなかった。

だが、クレアは気丈にも「いいえ」と柔らかな声で否定した。

「幼い頃の想い出を、父はきっと忘れていなかったはずです。やはり、ダイヤモンド鉱山はフロイランにお返しすべきなのでは……」

惑うクレアの肩を抱き寄せ、シルヴァはきっぱりとした口調で言った。

「父上、僕はこのクレアと結婚します。クレアの両親が彼女を逃したのは、シスルナ王家の血を絶やさず、民に報いるため——そう判断します」

「私もそう思う。戦中は同盟を組んでいたが、横暴な振る舞いを通し続けてきたヴァルハーサに、我がフロイランも行く先を案じていたところだ。そろそろ、ヴァルハーサには見切りをつけて、フロイランなりに新しい道を進む頃だろう」

「おっしゃるとおり、いまは、ヴァルハーサも一時の力はなく、シスルナにも活気が戻り始めていると聞きます。そこに王女が戻れば、かつてのシスルナを取り戻すことも夢ではありません」

「ですが、シルヴァ様、あなたはこの国の第一王子です。フロイランの正当な王位継承者なのに、わたしと結婚など……」

突然の話に慌てたが、フロイラン国王は真面目な顔で聞き入っている。

「おまえがクレアと結婚し、王となるのか？」

「シスルナを統べるのは、クレアです」

「ならば――許そう」

「父上！」

義弟のステアが驚嘆するが、フロイラン国王は肩を揺すって笑う。

「もしも、シルヴァが王としてシスルナを統べると言うなら、この結婚は許さないと言おうと思っていた。シルヴァが国王になる国はフロイランのみだ。だが、その座を捨てて、私の盟友の大切な子であるクレア姫をいずれ女王とし、支えていくというならば、許そう。それが、私のせめてもの罪滅ぼしだ。未来のフロイランを背負うのは、ステア、おまえだぞ」

「は、――はい！」

「大変な役目を背負いましたね、ステア。これからシルヴァにたくさんのことを教えてもらわないと」

皇后に優しく言われ、ステアが大真面目に何度も頷いている。

思ってもみなかった展開にいちばん驚いているのは、クレアだった。

執務室に戻り、ふたりきりになったところで、クレアは「ほんとうにいいのですか？」とシルヴァの手を摑んだ。

「わたしは確かにシスルナの王位継承者です。祖国に戻って王家を再興したいのも、ほんとうです。ですが、シルヴァ様まで巻き添えにしてしまうのは本意ではありません」

「巻き添えではないよ。クレア。よりよい国を作りたいというのは、シスルナ、フロイラン、どこにいても同じ想いだ。それに、僕はきみの力になりたい」

シルヴァが優しく頰を両手で包み込んでくれた。この手の温かさはずっと忘れない。

「クレアを愛している。この想いに嘘はない。きみの役に立ちたいんだ。僕もきみの国で共に歩ませてくれないか？」

「シルヴァ様……」

「僕らは、いつでも一緒だ」

心からの言葉に、涙が溢れて止まらなかった。

シスルナにいつかまた、戻る日が来る。シルヴァと一緒に。

シルヴァの想いを受け止めるために、クレアは顔を上げた。

共に歩みたい。その想いは同じだ。

終章

「お天気になってよかったわ。外でいただくお食事って美味しいんですのね」

「美しい湖を眺めながら食事ができるというのは、フロイラン城の自慢ですな」

フロイラン王家が主催した昼食会には、名だたる貴族が参加し、城のテラスで春の柔らかな陽射しと心地好い風を楽しみながら、料理長が腕をふるった立食形式の食事をめいめいに楽しんでいた。

昼食会にはヘイズワース伯爵家も招いている。

シルヴァがこの世でいちばん美しいと思うのはもちろん薔薇色のドレスを身につけたクレアだが、春の訪れを感じさせるような淡い萌葱《もえぎ》色のドレスを着たリエルも大層愛らしい。

「――シルヴァ様、さっきから、弟君のステア様がリエルに釘付けになっていることをご存じですか？」

「そうらしい。ステアはいままで馬と剣しか相手にしてこなかったような無骨な男だから、リエルにダンスを申し込むこともできるかどうか」

正装したシルヴァのそばで、クレアがくすりと笑う。

彼女の首元にかけられているシンプルなペンダントには百合と剣が交差した模様が彫られている。

それこそ、失われたシスルナの古い紋章だと教えてくれたのは、シルヴァの父である国王だ。

結婚を許してくれた国王は、ペンダントの中に入っていた手紙を懐かしそうに見つめていた。盟友と言っていたクレアの父の筆跡に魅入っていたようだ。

『そのペンダントをクレアにかけてあげなさい。鉱山は、シスルナの民と、あなたのものだ、クレア。わたしの国は十分に潤っている。近い将来、シスルナがヴァルハーサからの占領を解かれたときに、シルヴァとともにその鉱山を生かしなさい』

国王のそばで、皇后も穏やかに微笑んでいたことに、長いこと、身勝手な思いだけで彼らを遠ざけていた未熟な己を、シルヴァは恥ずかしく感じた。

これからの日々、どんなことが起きるかわからないが、自分しだいでいかようにも変えていけるのではないだろうか。クレアと一緒ならば、どんな夢でも希望でも叶いそうだ。

『ところでシルヴァ兄様、見目麗しいクレア嬢とはどこで出会ったのですか？』

ステアまでがそんなことを聞いてきて、場は和んだ。

腹を割って話せば、国王も、皇后もわかり合えるひとたちだ。

そんなふうに考えが変わったことはいささかこそばゆいが、嬉しくもある。長いこと、父王には寂しさしか感じてこなかったが、クレアがいてくれたおかげで、もう一度父王に歩み寄ってみようと思っている。

元気すぎるステアはこれからどう成長していくかまだ未知数だが、花の蜜の香りに惹かれる蜜蜂のように、リエルのあとを懸命に追っている姿を見て、クレアと一緒に噴き出してしまう。

シスルナの王女ではあるが、身よりのないクレアは、ヘイズワース家の養子となった。これでリエルとも血が繋がり、一気にふたりも娘が増えたヘイズワース夫妻は大喜びだった。

将来の結婚のために、それなりに権力を持ち、王家とも関わりの深いヘイズワース夫妻に後見人になってもらうのがいいだろうと考えて話を持ちかけたところ、夫妻は、『お力になれるなら喜んで』と引き受けてくれたのだった。

いずれ、シルヴァはクレアを正妻として迎えるつもりだ。

父である国王の許しが得られたことで、正式にクレアとシルヴァは結婚し、今後は再建するだろうシスルナと、クレアを盛り立てようと思っている。

『シルヴァ兄様ほどのひとなら、フロイランとシスルナ両方の王になれそうなのに』

『それぞれの国に、紡いでいくべき歴史があるだろう。それに、互いの国はそう遠いわけじゃない。行き来して、お互いにいいところを持ち合おう』

そう言って、昨日もステアに智略とはなんたるものかということを叩き込んだばかりだ。いままで馬ばかり乗り回していたステアが、さまざまな学術書に埋もれてげんなりした顔をしていたのには、少々笑えたが。

これまで、優れた軍師として名を馳せてきたのだ。クレアの右腕として、シスルナを支えていけるならこれほど嬉しいことはない。

クレアの奴隷としての日々は終わりを告げ、健康的に頬を染め、愛くるしい笑みでシルヴァを虜にする。

無邪気な微笑みを見ていると、どうしても自分なりの深い愛し方をしてしまいたくなるから、困ったものだ。

「この昼食が終わったら、いつもの教会に行くのでしたね。わたし、また司祭様と一緒にシチューを作りたいです。シルヴァ様にも美味しいと言ってもらえるようなシチューを作りたい」

いずれ、シスルナの女王になるだろうクレアは日に日に表情を柔らかにし、シルヴァを虜にするだけではなく、教会にやってくる大人や子どもも、彼女の優しい微笑みを見たがっていた。

「貴族の皆様が、たくさん寄付してくださるといいんですが」

「きみが統べるシスルナが楽しみだよ。きっと、幸福で満ちあふれた国になる」

「シルヴァ様ほどの方と結婚できるうえに、軍師として招くことができるなんて……畏れ多いことかもしれませんが、嬉しいです。わたし、あなたに、そしてシスルナにふさわしい王女になることを約束します」

「ああ。シスルナを一日も早くヴァルハーサから取り戻して、フロイランに負けない、いい国にしよう。交渉ごとは任せてほしい。昔から鍛えてきたからね」

「はい。わたしも、精一杯頑張ります」

シルヴァの言葉に嘘はなかった。クレアと接するひとはみな笑顔になるのだ。それは、昔々、宴で出会ったときにシルヴァが一目惚れした彼女の魅力だ。

彼女の提案で、貴族をたくさん集めたこの昼食会では寄付金を募っていた。集めた金はすべて民のために使われる。これからも各地でこのような食事会を開こうと、シルヴァはクレアと約束していた。

さっき、ちらっと大きな籠を見たが、すでに紙幣でいっぱいで、五つめの籠に替えられていたところだった。

「大丈夫だよ」

笑いながら頷き、シルヴァはクレアをエスコートしながら、人目のつかない場所へとやってきた。目に映る緑が眩しく、吹き抜ける風が心地好く頬を撫でていく。

隣を歩くクレアの足取りが軽いことに気づいて、シルヴァは指さした。

「その靴はどう？」

「とても歩きやすくて、ぴったりです」

「そう、ならよかった」

嬉しそうなクレアに、つい微笑んでしまう。

「……いままで僕は、きみにわざときつい靴を履かせて愛情を試すようなことをしてきた。でも、もうこれからそんなことはしないよ。きみが一番履きやすい靴を履いて、僕も自然にきみというひとを愛していきたいと思っている」

「はい。シルヴァ様。……あの、でも、わたし、前にいただいた靴も、好きです。シルヴァ様の愛情がこもってますもの」

「きみがあれを履くと、僕の愛情がおかしくなってしまうとわかってて言ってるの？」

くすりと笑い、シルヴァは足を留めた。

「——僕はどんなことがあっても、きみを守っていく。なにがあっても、きみを愛している。未来の女王、クレア。だけど、教会にはどんな靴を履いていくか、僕が決めていいかな？　今日もたくさん、きみを可愛がって苛めてあげたいんだ」

「シルヴァ様ったら、もう……！」

クレアは怒ったように耳まで赤く染めるが、ずっとむくれた顔は続けられず、はにかむように微笑む。

そんなクレアだからこそ、愛して、苛めて、可愛がって閉じ込めてしまいたくなるのだ。

いつまでも、この腕の中に。

シルヴァがその頬を両手で包み込むと、くすぐったそうにクレアが微笑み、安心しきったように瞼を閉じる。

「愛してる、クレア」

「わたしも、愛しています。シルヴァ様——永遠に」

足元に落ちるふたりの影は互いに吸い寄せられるように、ゆっくりと重なっていく。

そうして、いつまでも離れなかった。

あとがき

こんにちは、または初めまして、秀香穂里《しゅうかおり》です。

「歪んだ愛は美しい」というキャッチコピーにふさわしいお話になっていたでしょうか。ちょっと不安ですが、個人的にはとても楽しく書かせていただきました。

王子と姫を書いたのは、初めてです。ちょっと歪みすぎた王子かなとも思いましたが、これぐらい執着度の高い王子なら、クレアも閉じ込められて幸せでは、と思ったりして。

この本を出していただくにあたり、お世話になった方にお礼を申し上げます。

挿絵を手がけてくださった、北沢《きたざわ》きょう様。赤い靴が似合うクレアが可愛らしいのはもちろんのこと、堂々としていながら微笑みが似合うシルヴァが格好良くて、いただいたラフを何度も見つめてしまいました。華やかなカラー表紙も見せていただけて、幸せでした。お忙しいでしょうに、ご一緒できましたことをとても嬉しく思っております。ほんとうにありがとうございました。

担当様。最初から「変態度が高いヒーローでかっ飛ばします」と言ってしまいましたが、大丈夫だったでしょうか。ほんとうにお世話になりました。

そして、この本を手に取って下さった方へ。窮屈な靴は本気でつらいですよね。

それでは、またどこかでお目にかかれることを願って。

Sonya
ソーニャ文庫

この本を読んでのご意見・ご感想をお待ちしております。

◆ あて先 ◆

〒101-0051
東京都千代田区神田神保町2-4-7 久月神田ビル7階
㈱イースト・プレス　ソーニャ文庫編集部
秀香穂里先生／北沢きょう先生

つまさきに甘《あま》い罠《わな》

2014年5月8日　第1刷発行

著　者　秀香《しゅうか》穂《お》里《り》
イラスト　北沢《きたざわ》きょう
装　丁　imagejack.inc
DTP　松井和彌
編　集　馴田佳央
営　業　雨宮吉雄、明田陽子
発行人　堅田浩二
発行所　株式会社イースト・プレス
〒101-0051
東京都千代田区神田神保町2-4-7 久月神田ビル8階
TEL 03-5213-4700　　FAX 03-5213-4701
印刷所　中央精版印刷株式会社

ISBN 978-4-7816-9529-7
定価はカバーに表示してあります。

Sonya ソーニャ文庫の本

『咎の楽園』　山野辺りり

イラスト　ウエハラ蜂